AF156841

Impressum

Copyright © Eckhard Stever 2014

Herstellung und Verlag: Bod – Books on Demand, Norderstedt

ISBN : 9783735723598

Inhaltsverzeichnis

Schmunzelgeschichten aus Hankensbüttel

Vorwort

Die Idee zu diesem Werk kam beim Kartenspielen. In lustiger Doppelkopfrunde wurde wieder einmal in vergangenen Zeiten gekramt, und immer neue Erinnerungen wurden aufgefrischt. Diese waren schließlich so zahlreich und auch kurios, dass jemand der Anwesenden der Meinung war, das alles müsse doch einmal irgendwo festgehalten werden. Das war die Geburtsstunde dieser kleinen Sammlung.

Viele dieser Episoden hat der Verfasser selbst miterlebt, andere sind aus Erzählungen von Zeitzeugen bekannt. Weitere länger zurückliegende Geschehnisse sind so festgehalten, wie sie bis heute überliefert wurden und können daher Ungenauigkeiten enthalten. Der Verfasser hat sich, soweit noch möglich, um größte Genauigkeit bemüht. Es wurden Telefonate geführt, beteiligte Personen aufgesucht oder ins Haus gebeten und oftmals Leute befragt, die von einer Sache auch Kenntnis haben konnten. In den meisten Fällen stimmte der Sachverhalt bereits so, wie er geschrieben war. Hin und wieder mussten auch einmal leichte Korrekturen eingearbeitet werden, die jedoch immer unerheblich für das Ganze waren.

Es kam auch vor, dass „Ereignisse" an den Verfasser herangetragen wurden, die konstruiert erschienen oder eher als Witz gesehen werden konnten. Derartige Erzählungen wurden sofort verworfen und sind in dieser Sammlung nicht zu finden. Es handelt sich bei dem vorliegenden Werk also nicht um eine Sammlung erfundener Witze, sondern um das Festhalten von Geschehnissen mit humorigem Hintergrund aus zurückliegender Zeit und aus der Gegenwart.

In nur sehr wenigen Fällen sind handelnde Personen mit vollem Namen genannt. Bei erst kürzere Zeit zurückliegenden Episoden sind aus Gründen des Datenschutzes die Akteure immer nur umschrieben oder lediglich die Anfangsbuchstaben der Nachnamen genannt, obwohl es für Insider sicherlich sehr viel spannender wäre, genau zu erfahren, um welche Personen es sich handelt. Nahezu alle noch lebenden Personen sind darüber informiert und damit einverstanden, dass sie in dieser Anekdotensammlung verschlüsselt erwähnt werden. Insbesondere der Landwirt aus Emmen zeigte sich sogar hoch erfreut darüber, dass seine Missgeschicke auf diese Weise dazu beitragen, die Leser dieser Sammlung zu erfreuen.

.

Schmunzelgeschichten aus Hankensbüttel

Blasenleiden

Vielen älteren Hankensbüttelern wird Schneidermeister D. aus der Mittelstraße noch gut in Erinnerung sein, ein kleiner Mann mit ausgeprägter Nase. Wegen eines Blasenleidens begab er sich in ärztliche Behandlung, und es war unumgänglich, für einige Tage das Krankenhaus aufzusuchen. Nach erfolgter Genesung bekommt er, wieder zu Hause, Besuch von seinem Nachbarn, dem Landwirt S. aus der Mühlenstraße. Ausführlich erzählt ihm D., natürlich auf Plattdeutsch, was er im Krankenhaus so alles über sich ergehen lassen musste: „. .. und denn hebbt se mick sogoar noch`n Kataster leggt!" Nachbar S. berichtigt: „Das heißt aber nicht Kataster, du meinst sicher einen Katheter!" Fast ärgerlich ob dieser Besserwisserei antwortet ihm D.: „Dat is nich wohr, dat Ding heit Kataster, und öberhaupt - hebb ick dat an de Blose oder du?"

Schützenfest 1949

Das Schützenfest in Hankensbüttel hat eine lange Tradition. Seit 1661 wird es gefeiert, hat sich ständig entwickelt und neuen Gegebenheiten angepasst. Mit Beginn des 2. Weltkrieges im Jahre 1939 fand dieses Fest ein vorläufiges Ende. Nach dem Kriegsende 1945 wurden ganz allmählich viele Aktivitäten wieder aufgenommen, und so kam es denn auch, dass die Hankensbütteler Schützen Anfang Juli 1949 ihre Tradition wieder aufleben lassen wollten. Nun musste jedoch für alles, was im Bereich Gemeinschaftsleben geschehen sollte, die hier zuständige britische Militärverwaltung grünes Licht geben, und im Falle des Schützenfestes geschah das nur unter schwersten Bedenken und knallharten Auflagen. Es durften keinerlei Waffen mitgeführt werden, es durfte keine Musik den Schützen vorausmarschieren, und es war untersagt, im Gleichschritt zu gehen.

Die Hankensbütteler Schützen ließen sich dadurch jedoch nicht entmutigen, und das Grüne Korps unter seinem legendären Oberst Schulze wusste sich zu helfen. Die mitgeführten Waffen waren Holzgewehre, gegen deren Verwendung die englischen Offiziere nichts einwenden konnten. Trickreich wurde auch die zweite Auflage umgangen: die Musiker saßen auf einem Ackerwagen, der von Pferden gezogen wurde. Sie durften ja nicht vorausmarschieren. Jetzt blieb nur noch die dritte Auflage bezüglich des Gleichschritts. Bei flotter Marschmusik ist es nahezu unmöglich, ohne Tritt zu marschieren. Darum stockte dann auch den englischen Militärbeobachtern fast der Atem, als Oberst Schulze vor der Front hoch zu Ross nach seiner Rede an die „Truppe" das Kommando gab: „Rechts um – im Gleichschritt marsch!"

Folgen hatte diese eklatante Nichtbeachtung bzw. die eulenspiegelhafte Umgehung der zwei anderen gestellten Auflagen für die Hankensbütteler Schützen oder deren

Verantwortlichen allerdings nicht. Die englischen Offiziere wurden zum Mitfeiern nicht nur eingeladen, sondern geradezu genötigt, wie das in Bezug auf Gäste in Hankensbüttel schon immer war und auch heute noch ist. Die Menge des im Verlauf des Festes genossenen Alkohols überstieg jedoch scheinbar das gewohnte Maß der „Obrigkeit", wodurch deren Erinnerungsvermögen am nächsten Tag erheblichen Schaden genommen hatte.

Die Fallrohr-Toilette

In der Hindenburgstraße Nr.3, wo man heute das Textilgeschäft Ziegert/Pöhlmann findet, stand bis 1949 unmittelbar an der damals ohnehin nicht sehr breiten Straße ein Fachwerkhaus, das zuvor Geschäftsgebäude der Sparkasse war und in dessen nördlichem Teil nach 1945 für vier Jahre auch die Firma „Gemüse-Dreyer" ansässig war. So alt wie das gesamte Haus vor seinem Abriss war, so desolat war auch dessen Dachentwässerung.

Nun kam es, dass nach einem ausgiebig gefeierten Schützenfesttag spät in der Nacht ein etwas angeschlagener Schützenbruder in Begleitung seiner Frau dieses Gebäude passierte. Die zu sich genommenen Getränke zwangen den Schützenbruder, einen technischen Halt einzulegen, um die übervolle Blase zu entleeren. Es regnete, und die Gattin ging mit dem aufgespannten Schirm langsam weiter, um in gebührendem Abstand auf den Gemahl zu warten. Dieser hatte sich, um fest und sicher stehen zu können, ausgerechnet das defekte Fallrohr dieses Gebäudes ausgesucht, um sich daran mit der freien Hand festzuhalten. Der ablaufende Regen verursachte nun aber in dem defekten Rohr ein Geräusch, für das sich der Schützenbruder verantwortlich glaubte. Er konnte es selbst kaum fassen, welche Mengen eine trainierte Blase aufzunehmen im Stande war und merkte darum auch nicht, dass er längst fertig war, während das plätschernde Geräusch im Fallrohr weiter andauerte. Irgendwann wurde es der wartenden Gemahlin zu lang, und sie ermahnte ihren Gatten energisch, sich gefälligst zu beeilen. Fast sorgenvoll klang dessen Antwort, als er seiner Frau zurief: „Mudder, ick glöv, ick piss mick doot!"

Der K O - Schlag

In den fünfziger Jahren kam es einmal an einem Samstag des Hankensbütteler Schützenfestes zu einem unangenehmen Zwischenfall. Der Umzug war beendet, alle Schützen hatten nach den Strapazen des Marsches entsprechenden Durst und umlagerten die Theke. Auch an der Ausschankklappe nach draußen drängelten sich die durstigen Seelen, unter ihnen der eigentlich recht beliebte Dorfpolizist P., der dafür bekannt war, dass er gern mal zulangte, wenn es einen umsonst gab. Dieser war im Dienst, hatte zu Fuß den gesamten Ummarsch begleitet und wollte sich jetzt im Kreise der Schützenbrüder etwas stärken. An diesem Tag führten Hitze und Hektik anscheinend dazu, dass es zu Meinungsverschiedenheiten zwischen ihm und dem Festwirt O. kam. Im Zuge eines sich anbahnenden Wortgefechtes wollte sich P. als Ordnungsmacht von O.

die Schankerlaubnis zeigen lassen. Dafür war dies jedoch ein denkbar ungünstiger Augenblick, und die Antwort kam prompt: ein gezielter Fausthieb des Festwirtes durch die Ausschankklappe streckte die Obrigkeit zu Boden.

Es ist nur allzu logisch, dass ein solches Vorgehen gegen die Staatsgewalt eine Anzeige und damit verbunden eine Gerichtsverhandlung zur Folge hatte. Zeugen gab es für diesen Vorfall ja genug. Erstaunlicherweise hatten jedoch die meisten der Umstehenden gerade in dem Augenblick woanders hingeschaut, sich unterhalten, getrunken oder waren aus anderen Gründen abgelenkt und hatten somit von der Sache nichts mitbekommen. Es blieben darum neben einigen wenigen, die flüchtig etwas mitbekommen hatten, nur die beiden Grünen Jäger D. und B., die dem am Boden liegenden wieder auf die Beine halfen. So platzte denn auch der erste Prozesstermin, weil keiner der vermeintlichen Zeugen etwas gesehen hatte.

Monate später kam es bei einem neu angesetzten Termin gar nicht erst zur Verhandlung, weil an diesem Tag der Hauptzeuge eine wichtige Prüfung zu absolvieren hatte. Für den jetzt notwendig gewordenen dritten Termin wurde den beiden Hauptzeugen die Zwangsvorführung angedroht für den Fall, dass sie nicht erscheinen würden. Zeuge B. war auch pünktlich erschienen, aber das Schicksal wollte es, dass Zeuge D. auf dem Weg von Bielefeld nach Hankensbüttel mit einem Achsenbruch auf der Autobahn liegen blieb. Damit stützte sich der ganze Prozess auf die wichtigen Aussagen des Jägers B. aus der vierten Sektion und lief etwa wie folgt ab:
B. wurde aufgefordert, sich zum Tathergang zu äußern. Nachdem er sich nach so langer Zeit jedoch auch nicht

mehr so recht erinnern konnte und eigentlich den Tathergang auch gar nicht so ganz genau verfolgt hatte, der Richter daraufhin sehr deutlich seinen Unmut äußerte, erklang aus dem Zuschauerraum die leise Bemerkung: „Wohl wieder besoffen gewesen!" Dem Richter war das jedoch nicht entgangen, und er wollte daraufhin vom Zeugen wissen, ob dieser zum Zeitpunkt des Geschehens bereits Alkohol zu sich genommen hatte. Das wurde umgehend bestätigt, und auf die Frage nach der Menge war dessen lapidare Antwort: „Was Schützenfest so üblich ist". Diese Auskunft war dem Gericht aber nicht präzise genug, und es wurden genaue Angaben über Art und Menge der inhalierten Getränke verlangt. Dazu bat nun wiederum B. das hohe Gericht, ihm doch bitte den genauen Tatzeitpunkt zu nennen. Der Gerichtsschreiber blickte ins Protokoll und gab als Tatzeit 13.15 Uhr an. Jetzt begann Zeuge B. intensiv zu rechnen, und unter Zuhilfenahme der Finger kam er schließlich auf die ungefähre Menge von 35 bis 40 Bier, genauer könne er das nicht sagen. Dem Richter verschlug es fast die Sprache, und als er eben mit Kopfschütteln sein Unverständnis äußern wollte, fügte B. kleinlaut hinzu: „und dann natürlich zu jedem Bier einen Steinhäger!"

Da gab es nur eine Konsequenz, und mit der Feststellung „Zeuge B. scheidet aus wegen Volltrunkenheit!" wurde die Verhandlung erneut vertagt. Zu einer vierten kam es nicht mehr, weil aus Gründen politischer Veränderungen in Westdeutschland eine Amnestie erlassen wurde, unter die auch dieses Geschehen fiel. Die dadurch ungesühnte Schmach des umgänglichen Dorfpolizisten P. hinderte diesen jedoch nicht daran, in späteren Jahren noch so manches Glas Bier mit seinem Widersacher Gastwirt O. zu trinken.

Der Roller

1961 feierte die Schützengesellschaft Hankensbüttel ihr 300jähriges Jubiläum. Zu diesem Anlass ließ sich die fünfte Sektion des Grünen Korps etwas Besonderes einfallen. Wegen der jubiläumsbedingt zu erwartenden längeren Ummärsche baute man sich einen „fahrbaren Untersatz", und es wurde ein Gefährt, das es bis dahin beim hiesigen Schützenfest noch nicht gab. Es war ein 6,50 Meter langer Roller auf zwei Autoreifen, auf dessen gesamte Länge sich neben dem gewaltigen Lenker vorn drei weitere starre Lenker als Haltegriffe für Fahrgäste verteilten. Auf weitere technisch und optisch sehr interessante Details, mit denen dieses kuriose Gefährt ausgestattet war, soll hier nicht eingegangen werden, weil das den Rahmen dieser kleinen Geschichte sprengen würde.

Der zweite Tag des Schützenfestes hatte begonnen, und die Mitglieder der fünften Sektion warteten mit ihrem Gefährt am oberen Ende der Celler Straße. Ein Kurier brachte die Meldung, dass das Grüne Korps am „Feuchten Dreieck" angetreten sei. Am Lenker stand Sergeant S., und auf dem einzigen Sitz vor dem am Ende gelagerten Bierfass saß Leutnant N., der Sektionsoffizier. Zwischen diesen beiden verteilten sich die acht weiteren Sektionsmitglieder, immer zu zweit neben einander. Das Startzeichen wurde gegeben, und ähnlich wie beim Bobfahren schoben diese acht mit großer Kraft das schwere Gefährt an. Nach etlichen Metern war eine ordentliche Grundgeschwindigkeit erreicht, und Leutnant N. kommandierte: „Aufspringen", weil einige diesem Tempo laufend schon kaum noch folgen konnten. Von links und rechts sprangen alle gleichzeitig auf. Oberjäger B., übrigens identisch mit dem Zeugen B. aus der Vorgeschichte, hatte nun das Pech, rechts neben sich den Jäger Q. zu haben, dessen Gewicht um einiges höher war. Diese beiden prallten jetzt gegen einander, was dazu führte, dass der schmächtigere B. zwar nicht den Boden, wohl aber den Roller unter den Füßen verlor. Glücklicher Weise umklammerten seine Hände einen der starren Lenker, und da er nicht während der Fahrt verloren gehen wollte, hielt er sich krampfhaft daran fest, während seine Beine auf dem Betonbelag der Celler Straße schleiften. Leutnant N., der dieses Unglück sehen konnte, kommandierte: „Anhalten" und betätigte die auf die Lauffläche des Hinterrades wirkende Bremse. Sergeant S. am Lenker hatte nichts mitbekommen und rief: „Weiterfahren, macht nicht den schönen Schwung kaputt!" Das schwere Gefährt kam etwa in Höhe der Tischlerei Lampe zum Stehen. Oberjäger B. rappelte sich, immer noch mit den Händen den Lenker umklammernd, auf und begann, eine Schadensbilanz zu machen. Die Kappen beider Schuhe hatten sich in Wohlgefallen aufgelöst, und durch die defekten Stellen der schwarzen Hose, die nicht unbeträchtlich waren, sah man blutende Hautabschürfungen. Alle waren recht betroffen über dieses Malheur, und in die vorübergehende Sprachlosigkeit hinein fand der Geschädigte als erster die Worte wieder, indem er bedauernd feststellte: „Die schöne Hose, hat unser Großvater schon zur Trauung angehabt!"

Der Rheuma-Schub

Die Jahre unmittelbar nach dem letzten Krieg waren geprägt von den Wirren durch Flucht und Vertreibung. Die Menschen mussten zusammenrücken, um den vielen Ausgebombten und Flüchtlingen ein Dach über dem Kopf zu geben. Das galt besonders für die Landbevölkerung, wo auf manchen Höfen gleich mehrere Familien unterzubringen waren. Damit wuchs auch das Versorgungsproblem, und das Beschaffen lebenswichtiger Dinge gelang häufig nur auf nicht ganz legale Weise. Erfindungsreichtum und Kaltschnäuzigkeit waren gefragt und trieben gelegentlich tolle Blüten.

So war auf dem Hof des Landwirtes B. eine Ölmühle installiert worden, mit der aus ölhaltigen Früchten Öl gepresst wurde. Fett war rationiert und daher knapp. Zahlreiche Bürger aus der Region waren gern gesehene Kunden. Selbst Polizisten brachten Rohmaterial und ließen sich mit Speiseöl versorgen. Gegen ungebetene Gäste hatte der Landwirt jedoch den eisernen Türgriff der Werkstatt mit einem elektrischen Weidezaungerät verbunden und unter Strom gesetzt. Eines Tages kam ein älterer Herr aus Allersehl, der diese hinterhältige Schikane noch nicht kannte. Er hatte anscheinend in seinem Leben überhaupt noch keine Erfahrung mit elektrischen Weidezäunen gemacht. Nichtsahnend umfassten seine Finger den gefährlichen Griff, und der erste Stromschlag ließ ihn ein wenig die Knie beugen. Die Idee loszulassen kam ihm nicht. Jeder weitere Stromschlag zwang ihn ein Stückchen tiefer in die

Hocke, bis er in seiner Verzweiflung zu jammern begann: „Dütt verdammte Rheuma, ward jümmer slimmer, so slimm wie hüte hebb ick dat öberhaupt noch nich hatt!"

Darmkolik

Derselbe Landwirt baute nach dem Krieg auf dem Areal seines Hofes in großen Mengen Obst und Gemüse an. Dank einer extra installierten Beregnungsanlage wuchs alles prächtig. Selbst in Zeiten extremer Dürre konnte man diesen Gemüsegarten mit einer Oase in der Wüste vergleichen. Unter etwa dreihundert Obstbäumen wuchs alles, was sich vermarkten ließ, auch Rote Beete. Diese waren aber anscheinend doch nicht so gefragt wie vermutet, oder es wurden zu viele davon angebaut. Jedenfalls wurde dieses Gemüse in größeren Mengen an die Pferde verfüttert, um es nicht verderben zu lassen. Die Pferde genossen diese Extrakost und verarbeiteten sie zu leuchtend roten Pferdeäpfeln.

Nun mussten damals in dieser besonderen Zeit die Landwirte und Pferdebesitzer für das Allgemeinwohl sogenannte Hand- und Spanndienste leisten, indem sie ihre Fuhrwerke zur Verfügung stellten und kostenlose Transporte durchführten. So war denn auch besagter Landwirt B. mit seinen Pferden und einem Ackerwagen unterwegs, um im Auftrag der Gemeindeverwaltung irgendwelche Fahrten zu unternehmen. Unterwegs kam eines der Pferde einem dringenden Bedürfnis nach und ließ seine blutroten Äpfel einfach auf die Straße fallen. Zufällig kam der Bürgermeister darauf zu und erkundigte sich voller Sorge nach dem Gesundheitszustand der

Tiere. Eine erhebliche Portion sogenannter Bauern-
schläue und das Vergnügen daran, andere Menschen auf
den Arm zu nehmen, ließen den Landwirt die Erklärung
abgeben, beide Pferde seien an Darmkolik erkrankt. Der
betroffene Bürgermeister riet dem Landwirt, sofort
umzukehren, die Tiere zu schonen und erst einmal
gründlich auskurieren zu lassen, was dieser sich natürlich
nicht zweimal sagen ließ.

Der Tannenbaum

In den fünfziger und sechziger Jahren war es auf dem
Lande üblich, sich seinen Tannenbaum zu Weihnachten
aus dem Wald zu „besorgen". Waldbesitzer holten ihn
sich aus dem eigenen Wald, und wer nicht zu denen
gehörte, fuhr zu einem günstigen Zeitpunkt in den
Staatsforst und fragte laut und deutlich den Förster um
Genehmigung. Wenn er keine Antwort bekam, galt das
als Erlaubnis. So machte es auch Landwirt C. Er besaß
eine Wiese im Emmer Leu zwischen Emmen und
Wunderbüttel, direkt angrenzend an den großen
Staatsforst. Schon im Sommer hatte er sich dort einen
schön gewachsenen Baum für das nächste
Weihnachtsfest ausgesucht. Als nun die Weihnachtszeit
näher rückte, fuhr C. ein Fuder Mist auf seine Wiese und
nutzte diese Gelegenheit, seinen Weihnachtsbaum zu
schlagen und auf dem Miststreuer nach Hause zu
transportieren. Dort wollte er den schönen Baum der
Familie präsentieren, doch traute er seinen Augen kaum –
der Miststreuer war leer, keine Spur von einem Tannenbaum. Er kam jedoch bald hinter des Rätsels Lösung:
Nach dem Verstreuen des Mists hatte er vergessen, den

Antrieb des Miststreuers abzustellen. So rutschte während der Heimfahrt der schöne Tannenbaum immer weiter in Richtung Schnecke am Heck, bis er von dieser erfasst wurde und in Einzelteilen nach hinten auf die Straße geschleudert wurde. Da kann man nur noch sagen: dumm gelaufen.

In der Fremde

In früheren Jahren wurden junge Menschen von ihren Eltern gern in die Fremde geschickt, um sich den Wind um die Nase wehen zu lassen. Sie sollten loslassen von Mutters Rockzipfel und andere Menschen kennen lernen. So erging es auch einem jungen Hankensbütteler, der in der Gegend um Uelzen seine berufliche Ausbildung erfahren sollte. Er machte sich auch auf den Weg dorthin, doch mit jedem Meter, den er sich von seinem Heimatort entfernte, wuchs in ihm ein unbändiges Heimweh. So ist er denn auch nicht ganz weit gekommen, bis er es vor Heimweh nicht mehr aushalten konnte und umkehrte. Es heißt, dass dieser Wendepunkt der Reise schon kurz hinter Schweimke war.

Nachdem er die elterliche Wohnung wieder erreicht hatte, traute er sich jedoch nicht, sofort wieder aufzutauchen. Er versteckte sich zunächst im Haus auf dem Dachboden, um dort auf einen geeigneten Zeitpunkt zu warten, sich wieder unter die Familie zu mischen, die ihn ja in einem Lehrbetrieb in Uelzen glaubte. Der Zufall wollte es, dass es auf der Straße zu einer Rauferei zwischen mehreren Jugendlichen kam, die lautstark auf einander losgingen und ihre Kräfte maßen. Gerne hätte der Beobachter auf dem Dachboden denen einmal gezeigt, wer hier das Sagen hat, aber das ging leider nicht. Als die Rauferei jedoch kein Ende zu nehmen schien und ihm die geballten Fäuste immer stärker kribbelten, konnte er sich plötzlich nicht mehr zurückhalten. Er riss die Bodenluke auf und rief lauthals nach unten: „Ick schall man nich in de Fremde wän, denn wör ick jück woll ut`nanner bringen!"

Kaiserbegräbnis

Die folgende Begebenheit ist bereits literarisch aufgearbeitet. Sie soll hier trotzdem noch einmal erwähnt werden, weil ich meine, dass sie unbedingt in die Reihe dieser Schmunzelgeschichten gehört.

Ende des 19. Jahrhunderts versah in Isenhagen der legendäre Küster Wenk seinen Dienst als Organist und Lehrer. Professor Heinrich Martens, dessen Vater Besitzer der Gastwirtschaft in Isenhagen war, hatte als Kind bei Wenk Unterricht und bezeichnet in seinem kleinen Büchlein „Musikantenstreiche" besagten Küster als „Unikum" und „virtuosen Rohrstockstrategen". Gern ließ er Schüler nach vorn zu sich kommen, holte aus dem verschlossenen Schrank seinen „Bakelus", den Rohrstock, nahm den Kopf der Übeltäter zwischen seine Beine und zielte gekonnt auf deren verlängerten Rücken.

Mit einer nicht ganz alltäglichen Episode machte unser Küster von sich Reden, als 1888 in Berlin Kaiser Wilhelm I. starb. Täglich erklangen alle Kirchenglocken zwischen elf und zwölf Uhr zum Trauergeläut, eine

Woche lang, und auch dieser Dienst gehörte zum Amt des Küsters. So war es denn auch nicht verwunderlich, dass der brave Küster auf die Idee kam, sich den erforderlichen Urlaub genehmigen zu lassen, um am Kaiserbegräbnis in Berlin teilzunehmen. Großzügig wurde er auch von den entsprechenden Stellen vom Schul- und Kirchendienst freigestellt. Es dauerte nicht lange, bis das Vorhaben Wenks in aller Munde war.

Zu damaliger Zeit war es ja nicht ganz so einfach wie heute, mal eben nach Berlin zu reisen. Ein paar Tage waren da schon erforderlich für ein solches Vorhaben. Am 15. März 1888 begab er sich zunächst zu Fuß nach Wieren. Erst von hier aus konnte er mit der Bahn weiterfahren. Mit dem nötigen Reiseproviant ausgestattet, erreichte Wenk im Verlauf des Nachmittags die Reichshauptstadt und begann, sich dort erst einmal umzusehen. Beim Bummel „Unter den Linden" entdeckte er das Cafe Victoria, besser bekannt unter dem späteren Namen Kempinski. Da er Hunger und Durst verspürte, begab er sich dort hinein. In diesem exklusiven Haus verkehrten ansonsten fast ausschließlich der Landadel und Offiziere der Garderegimenter. Mit dem gesamten Reisegepäck begab sich Wenk in das noble Innere des berühmten Gebäudes und wurde auch alsbald von einem der galanten Kellner nach seinen Wünschen befragt. Eine Glas Bier, das war alles, womit man dem Gast vom Lande dienen konnte. Dieses wurde auch prompt serviert. Nun öffnete Küster Wenk sein Reisegepäck, entnahm diesem die mitgeführten Leckereien für den hungrigen Magen und breitete sie vor sich auf dem Tisch aus. Dann begann er damit, in aller Ruhe eine genüssliche Mahlzeit einzunehmen.

An den Nachbartischen gab es indes ein amüsiertes Getuschel. Man winkte den Ober heran und bestellte für diesen originellen Gast ein weiteres Bier. Wenk war erstaunt über die Aufmerksamkeit des Obers, da er noch gar kein zweites Bier bestellt hatte. Als auch noch unaufgefordert ein drittes Bier kam, wurde ihm doch etwas mulmig. Er wollte die Getränke bezahlen und aufbrechen, aber der freundliche Oberkellner eröffnete dem verdutzten Gast: „Mein Herr, die Herrschaften, die in diesem renommierten Haus verkehren und ihr Butterbrot selber mitbringen, bekommen selbstverständlich die Getränke gratis". Der aufgrund dieser Großzügigkeit völlig überraschte Gast versprach in seiner großen Dankbarkeit nur noch, das Cafe Victoria überall lobend zu erwähnen und in ganz Hankensbüttel und ebenso in Isenhagen ordentlich Reklame für dieses so spendable und gastfreundliche Haus zu machen.

Kühlwasser-Test

Mitte der sechziger Jahre gab es noch keine strenge Promillegrenze und auch keine Alkoholkontrollen. Wenn ein Autofahrer nach einem fröhlichen Gelage unfallfrei die heimatlichen Gefilde erreichte, konnte ihm nichts geschehen. So standen denn Alkoholkonsum und Autofahren auch nicht in so krassem Gegensatz wie heute. Eines Samstagabends saßen nun ein paar junge Leute im Gasthaus „Zur Linde" feucht-fröhlich zusammen und labten sich am Wittinger Bier. Einer von ihnen hatte sein Auto dabei, einen inzwischen vierzehn Jahre alten VW-Käfer. Mit diesem sollten die drei Zechkameraden nach

Hause gefahren werden. Das heute durchaus in Mode gekommene Zufußgehen war seinerzeit eine nahezu ungebräuchliche Art der Fortbewegung. Der Fahrer des Wagens hatte seine Zeche bereits bezahlt und wartete am Parkplatz auf seine Freunde, als es ihm plötzlich zweckmäßig erschien, die im Verlauf des Abends schon einige Male entleerte Blase vor der Heimfahrt noch einmal zu leeren. Am Rand des Parkplatzes, dicht neben seinem Auto, geschah das dann auch, noch bevor die anderen dazu kamen. Das Gelände hatte an dieser Stelle ein wenig Gefälle zum Auto hin, und so kam es, dass das gebrauchte Bier zunächst unter dem Auto verschwand, um dann wieder als dünnes Rinnsal genau unter dem Heck zu erscheinen.

Als die anderen eingetroffen waren, als letzter ein etwa sechzehnjähriger Junglandwirt, deutete der Fahrer mit besorgtem Blick auf das feuchte Rinnsal, das deutlich sichtbar unter dem Motor des Wagens heraustrat, und äußerte die Befürchtung, dass es sich hierbei nur um auslaufendes Benzin oder gar um Kühlwasser handeln könne. (Den technisch weniger versierten Lesern sei zum besseren Verständnis in Erinnerung gebracht, dass die VW-Käfer ausschließlich von luftgekühlten Motoren angetrieben wurden). Zwei der drei Freunde hatten sofort begriffen, was hier lief, und äußerten ebenso Erstaunen und Besorgnis hinsichtlich eines möglichen Motor-schadens. Zum Glück hatte unser Junglandwirt im Rahmen seiner Ausbildung kurz zuvor den sogenannten Deula-Lehrgang besucht, auf dem den Teilnehmern spezielles Wissen in gewissen technischen Dingen vermittelt wird. Er hatte dort auch gelernt, wie man in einem solchen Fall Kühlmittel von Benzin zu unterscheiden vermag. (Man hätte ihn besser darauf hinweisen sollen, dass luftgekühlte Motoren gar kein Kühlmittel benötigen!) Kurzerhand tauchte er den Zeigefinger in die bis dahin nicht identifizierte Flüssigkeit und machte anschließend den Geschmackstest mit der Zungenspitze. Spontan holte er nur kurz und tief Luft und begann eine Schimpfkanonade, die hier nicht wiederholt werden soll. Auf jeden Fall war jetzt geklärt, dass das Fahrzeug keinen technischen Defekt hatte und ohne weiteres für die nächtliche Heimfahrt benutzt werden konnte.

Abgelehnter Begrüßungstrunk

In der folgenden kleinen Begebenheit soll an einem Beispiel erhärtet werden, dass in früheren Zeiten der Genuss von Alkohol und die Teilnahme am Straßenverkehr durchaus mit einander zu vereinbaren waren, vorausgesetzt, man fuhr „vernünftig" und kam unfallfrei ans Ziel. Am Ostersamstag 1963 fand in einer Rohbauwohnung in der Ortsmitte eine recht ausgiebige Geburtstagsfeier statt. Drei Geburtstage wurden gemeinsam gefeiert, und somit war auch die Zahl der Gäste entsprechend. Zu vorgerückter Stunde, als die Stimmung durchaus schon als fortgeschritten bezeichnet werden konnte, kam man auf die grandiose Idee, zum Platz des Osterfeuers zu fahren, um die dortige Wachmannschaft, alles gute Freunde aus Turnerkreisen, in der recht kalten Nacht mit wärmenden Getränken zu versorgen. Schnell wurden ein paar Flaschen Hochprozentiges zusammengesucht, und dann begaben sich fünf der Festteilnehmer mit dem VW-Käfer von

Gerhard K. auf den Weg zum Osterfeuer. Zur Sicherheit legte man auf Kofferraum und Motorhaube als Rammschutz je eine alte Matratze und gab dem Fahrzeug damit ein kurioses Aussehen.

Die Wachmannschaft am Osterfeuer staunte nicht schlecht, als man so etwa zwischen vier und fünf Uhr in der Frühe dieses merkwürdigen Gefährtes ansichtig wurde. Auf die recht turbulenten und mehr als lustigen Stunden am Lagerfeuer auf dem Osterberg soll hier nicht eingegangen werden. Es war jedenfalls schon hell, als die Besucher der Meinung waren, wieder zurück in die Hindenburgstraße zu fahren, um die anderen Partygäste nicht länger allein zu lassen. Vor dem damals noch existierenden Textilgeschäft Schreiber machte gerade Dorfpolizist P. seinen morgendlichen Kontrollgang, als neben ihm ein merkwürdiges Fahrzeug hielt, vorne und hinten mit Matratzen gepolstert, fünf lustige Burschen diesem Auto entstiegen und ihm aus einer mitgeführten Flasche Schnaps einen Begrüßungsschluck anboten. Wenn unser Dorfpolizist auch sonst kein Kostverächter war und manchmal mehr mochte, als er vertrug, so gab er dieser lustigen Mannschaft einen Korb und sagte. „Jungs, heute morgen noch nicht, ich bin im Dienst"! Einsichtig wurde die Schnapsflache wieder verschlossen, das Auto bestiegen und zum Ort der Party gefahren, wo allerdings keine weiteren Gäste mehr anzutreffen waren.

Musikalische Fortbildung

Im Jahre 1970 wurde in Hankensbüttel der Musikzug der Schützengesellschaft gegründet, und so wie aller Anfang schwer ist, gab es auch hier diverse Startschwierigkeiten. Auf eine kleine Begebenheit, die gewiss als Kuriosität in dieser Sammlung nicht fehlen darf, soll darum etwas näher eingegangen werden.

Als die Musikproben so weit gediehen waren, dass das Musizieren beim Marschieren zu üben war, wurde festgestellt, dass der Beckenschläger dabei große Probleme hatte. Es fehlte ihm zu diesem Zeitpunkt noch jegliches Gefühl dafür, dass man bei den sogenannten starken Taktteilen eins und drei den linken Fuß aufsetzt und bei den schwachen Taktteilen zwei und vier den rechten. Dadurch klappte es mit dem erforderlichen Gleichschritt ganz und gar nicht. Aber unser Beckenschläger hatte den Ehrgeiz, dieses nicht unerhebliche Problem durch individuelles Sondertraining zu beheben und dazu eine grandiose Idee, wie er das hinkriegen konnte, ohne durch störenden Lärm anderen lästig zu werden.

Er nahm sich einen mit Batterien betriebenen Kassettenrecorder und legte eine Kassette mit schneidiger Marschmusik ein. Dazu packte er die Becken in sein Auto und fuhr hinaus in die freie Natur, wo er niemanden störte. Nun befestigte er den Recorder mit Hilfe einiger Bänder an seinem Hosengürtel, drückte die Starttaste, nahm die Becken in die Hände und marschierte zu den Klängen bekannter Märsche laut beckenschlagend durch die Wälder. Immer besser kam er in Tritt, und die Sicherheit, die er dadurch bekam, steigerte die Freude an diesem Üben. Darum wiederholte er dieses Training an vielen Tagen und verwandelte ein bestimmtes Waldrevier in einen Konzertsaal. Der Gleichschritt klappte fortan perfekt, und beim Schützenausmarsch ahnte niemand, unter welchen „Geburtswehen" diese Perfektion zustande kam. Lediglich aus Jägerkreisen war danach zu vernehmen, dass in diesem Revier unerklärlicher Weise über einen längeren Zeitraum kaum noch Wild zu sehen war.

Maroder Bremsbelag

Mit Beginn der sechziger Jahre gab es in Hankensbüttel eine Gruppe junger Menschen, deren Hobby es war, in der Winterzeit bei günstiger Schneelage nahezu Sonntag für Sonntag zum Skilaufen in den Harz zu fahren. Der Wittinger Omnibusunternehmer Brauner bot regelmäßig solche Fahrten an, und oftmals fuhr man auch mit privaten Fahrgemeinschaften. Überwiegend waren diese „Ski-Experten" ansonsten beim Turnen und Volkstanz aktiv. Nun war es aber auch deren Anliegen, weitere Freunde für diesen Sport zu begeistern und auch sie die Erfahrung machen zu lassen, wie viel Freude so ein Ski-Sonntag im Harz bereiten kann. Die Maulwurfshügel besonders im Süden Hankensbüttels, die sich für erste Versuche auf Skibrettern durchaus eigneten, waren für die Harzfahrer längst uninteressant geworden. Nur die antiquierte Ausrüstung entsprach in keiner Weise den Anforderungen der doch schon recht rasanten Abfahrten im Harz, doch diese Mängel wurden durch Unbekümmertheit und Mut der Sportler ausgeglichen.

Endlich hatte man es geschafft, einen weiteren guten Freund neugierig zu machen, der sich bisher strikt weigerte, weil er noch nie auf Skiern gestanden hatte. Ein zweiter Grund für die bisherige Zurückhaltung war das Fehlen jeglicher Ausrüstung. Doch hier konnte Abhilfe geschaffen werden. Bretter, Stöcke, Skistiefel und was sonst noch benötigt wurde, stand zum Reinschnuppern zur Verfügung. Eine Skihose bekam er von seinem Nachbarn Werner H. geliehen. Diese war zwar bereits etwas älteren Datums, und der Zahn der Zeit hatte der Stoffqualität schon etwas zugesetzt.

Zielort im Harz war immer der Großparkplatz in Torfhaus. Der jenseits der Straße liegende Lifthang diente dem Einfahren, und danach ging es auf Tour zum Bruchberg, von dessen Höhe aus viele Abfahrten möglich waren. Jetzt kam die Feuertaufe für unseren Skineuling. Er ließ zunächst viele gut gemeinte Ratschläge der „alten Hasen" über sich ergehen, aber diese mussten bald danach zur Kenntnis nehmen, dass zwischen Theorie und Praxis doch manchmal eine tiefe Kluft liegt. Der Lifthang war an diesem Sonntag durch starke Sonneneinstrahlung an den vorherigen Tagen und kräftige Nachtfröste total vereist, und niemand von ihnen fuhr damals schon auf Skiern mit modernen Stahlkanten. Die erreichten Geschwindigkeiten waren so erheblich höher als bei weichem Neuschnee. So war es denn auch nicht verwunderlich, dass die Schussabfahrt unseres Neulings bereits nach wenigen Metern beendet war. Er hatte es vorgezogen, die „Textilbremse" zu benutzen und setzte sich zwischen den aus Sicherheitsgründen breit geführten Skiern einfach auf den Hosenboden. Als die

Rutschpartie beendet war, hatte selbiger sich nahezu in Wohlgefallen aufgelöst. Glücklicherweise war wenigstens die Unterhose heil geblieben, und dadurch leuchtete das Hinterteil unseres Pechvogels wie die Blume eines Rehs. Wer den Schaden hat, der spottet halt jeder Beschreibung.

Ein anderes Sprichwort sagt: „Wer sich nicht zu helfen weiß, ist es auch nicht wert, dass er in Verlegenheit kommt". Wenn jemand mit maroder Ausrüstung zum Skifahren aufbricht, muss er für Reparaturfälle gerüstet sein. Und dass war der Fall. Zunächst musste der Unglücksrabe seinen Brotbeutel leeren, der am Hosengürtel befestigt war. Dann wurde dieser einfach von der Seite nach hinten verschoben und mit Bindedraht am Rest der Hose „vernäht". Der leere Brotbeutel verdeckte tatsächlich das gesamte Loch im Hosenboden, und der Skitag konnte – wenn auch mit gebremster Energie – fortgesetzt werden. Für unseren Pechvogel hat es jedoch nach diesem Erlebnis keinen zweiten Versuch gegeben, am Skilaufen Freude zu entdecken.

Dumm gelaufen

Die Folge gut gemeinter Vorsichtsmaßnahmen kann manchmal eher Schaden sein als Nutzen. Diese Erfahrung machte jedenfalls die Mutter eines jungen Mannes aus Hankensbüttel, deren Sohn mit ein paar Freunden an einem Samstagabend eines der umliegenden Schützenfeste besuchen wollte. In der Gewissheit darauf, dass die jungen Leute dort nicht nur Wasser oder Cola trinken würden, sorgte sie sich um einige Blumen, die sie auf dem Fußboden ihres Hausflures stehen hatte. In Gedanken sah sie ihren Herren Sohn mit einiger Schräglage das Haus betreten, natürlich ohne Licht zu machen, damit niemand sein Heimkommen bemerkt, und dann im Flur die schönen Blumen umrennen. Diese mussten dort verschwinden, und sie hatte auch einen geeigneten Platz gefunden: die Fensterbank des Küchenfensters.

Spät in der Nacht kehrten die Freunde heim. Alle hatten die Strapazen des Schützenfestes einigermaßen gut überstanden, auch der junge Mann, von dem hier die Rede ist. Vor der Haustür zog er den großen Schlüssel aus der Hosentasche – es handelte sich noch um eine sehr alte Haustür – und fand mit diesem Ungetüm auch anstandslos das Schlüsselloch. Doch in diesem Augenblick besann er sich auf die schönen Blumen im Flur, und er wollte auf gar keinen Fall ein Risiko eingehen und diese im Dunkeln möglicherweise beschädigen. Darum entschloss er sich, den „Noteingang" zu nehmen, sperrte die Haustür wieder zu, steckte den Schlüssel ein und begab sich auf den Hof. Dort erklomm er die Fensterbank des Küchenfensters und öffnete vorsichtig das kleine Ausstellfenster. Nun konnte er mit dem Arm nach innen durchlangen und den Hauptriegel des Fensters öffnen. Damit war der Weg frei, und er stieß den Fensterflügel nach innen auf. Das dabei entstehende ungewohnte Gepolter konnte er sich zunächst nicht erklären. Erst als er den Lichtschalter ertastete und ihn betätigte, sah er die Bescherung: Auf dem steinernen Küchenfußboden lagen die schönen Blumen inmitten ihrer zerbrochenen Töpfe, derentwegen er diesen Weg ins Haus extra gewählt hatte. Das war nun das bedauerliche Ergebnis doppelter Vorsicht!

Heimatkunde

Im Hotel Deutsches Haus in Hankensbüttel saßen Mitte des letzten Jahrhunderts drei alte Herren zusammen, alle Kleinlandwirte im Altenteil. Es ist heute nicht mehr mit Sicherheit festzustellen, ob es sich dabei um einen Stammtisch handelte oder ob die drei sich eher zufällig dort getroffen hatten. Einer von ihnen war der Landwirt V. aus Alt Isenhagen, der zweite Landwirt P. aus Wettendorf und der dritte Landwirt H. aus Hankensbüttel. Das Bier schmeckte an diesem Sommerabend besonders gut, und es ist stark anzunehmen, dass auch so mancher Korn zur Auflockerung dazwischen geschoben wurde. Der Gesprächsstoff schien allmählich auszugehen, denn es kam die Idee zu singen. Der erste Vorschlag war das Lied „Ein Glück, dass wir nicht saufen". Darauf konnte man sich jedoch nicht gleich verständigen. Landwirt V. wollte erst noch geklärt haben, wer die nächste Runde bestellt, als das Gespräch ganz plötzlich eine völlig andere Richtung nahm und sogar ernsthaft zu werden drohte. Der Zecher aus Hankensbüttel warf an den Wettendorfer gerichtet die Frage in den Raum: „Du, segg mick mol, wie oold is Methusalem worn?" Kurz und knapp war dessen Antwort: „Weit ick nich, is nich ut Wettendörp"!

Bettenklauen

Bei Hochzeiten war es manchmal üblich, dem jungen Paar die Ehebetten zu „klauen", die dann am nächsten Tag mit großem Hallo zurückgebracht wurden. Dieses Ritual beschränkte sich in Hankensbüttel jedoch nur auf einen bestimmten Personenkreis, von dem wenigstens einige zu den Hochzeitsgästen gehören mussten. Einer dieser „Bettendiebe" wollte nun aber bei seiner eigenen Hochzeit den übrigen Bandenmitgliedern die Suppe versalzen und dachte sich einen ebenso genialen wie hinterhältigen Plan aus, von dem hier berichtet werden soll.

Die Feier fand im Gasthaus Dierks in Repke statt. Dort steckten während des Essens einige jüngere Gäste die Köpfe zusammen, um den Ablaufplan für das Verschwinden lassen der Betten zu schmieden. Doch die Überraschung war groß, als die Bettendiebe in den als Schlafzimmer vorgesehenen Raum in der Residenz des Bräutigams vordrangen und feststellen mussten, dass das Zimmer leer war. Mit weißer Kreide war auf dem Fußboden lediglich ein Zelt aufgemalt. Die Enttäuschung über den scheinbar vereitelten Plan war zunächst groß, doch kapitulieren wollte so schnell niemand. Zu oft hatte der Bräutigam als Gast bei anderen Hochzeiten sich an diesem Ritual beteiligt, um nun selbst ungeschoren davonzukommen.

Aber wo würde das Brautpaar übernachten wollen? Die Zeit verrann, ohne dass man auch nur eine Spur weiter kam. Da hatte plötzlich einer der Bettendiebe eine geniale Idee. Zufällig hatte er beobachtet, dass Anfang der Woche ein Landwirt aus Emmen mit Trecker und Anhänger vor dem Hochzeitshaus parkte. Das ist normal nichts Ungewöhnliches, aber zu diesem landwirtschaftlichen Betrieb gehörte bis vor kurzem auch eine Gaststätte. Sollte man sich hier eingemietet haben und besagter Landwirt als Spediteur das Schlafmobiliar nach Emmen transportiert haben? Sofort machten sich die Akteure nach dort auf den Weg. Nach dem Klingeln an der Haustür öffnete die Oma des Hauses und wurde ohne Umschweife mit der Frage konfrontiert, ob das Brautpaar H. hier ein Zimmer gemietet habe. Ohne jeden Argwohn wurde diese Frage positiv beantwortet und sogar das Zimmer gezeigt. Von nun an war es nur noch eine Frage von Minuten, bis die Matratzen in den Autos verstaut waren und an sicherem Ort versteckt wurden.

Spät in der Nacht, so etwa um vier Uhr morgens, verließ das junge Paar rechtschaffen müde vom vielen Tanzen die Feier, bestieg ein bestelltes Taxi und ließ sich nach Emmen ins sicher geglaubte Quartier fahren. Der Taxifahrer kassierte das Fahrgeld und entfernte sich. Doch nun kam die böse Überraschung. Als das müde Paar das Schlafzimmer betrat, fand man dort nur Bettgestelle und Lattenroste vor. Die Matratzen waren alle „geklaut", und mit dem Schlafen konnte es hier nichts werden. Es blieb nur der Rückzug zu Fuß nach Hankensbüttel. Die Braut hatte noch eine Schlafmöglich in ihrem Elternhaus, aber keinen Hausschlüssel mehr. Zu dieser Tageszeit waren auch die VW-Arbeiter der Frühschicht unterwegs, und so mussten die beiden alle Augenblicke irgendwo Deckung nehmen, hinter Bäumen oder sogar im Straßengraben. Man wollte ja nicht noch eine große Öffentlichkeit an dieser peinlichen Situation teilhaben lassen! Zu Hause konnten beide mit Hilfe einer Leiter durch das geöffnete Fenster eines Zimmers, in dem ein Lehrling schlief, ins Innere des Hauses gelangen. Niemals vorher und auch nicht danach hat jemand den „Bettendieben" das Ausführen ihres Planes so schwer gemacht.

Konkurrenzkampf

Übertriebene geschäftliche Rivalitäten können bei Außenstehenden, wenn sie von gewissen Vorkommnissen Kenntnis bekommen, durchaus zu Kopfschütteln und Schmunzeln führen. So kann auch die Hankensbütteler Gastronomie bei diesen Aufzeichnungen ihren Beitrag leisten.

Nennen wir die beteiligten Gastwirte und Hoteliers A. und B. An der Theke des Gastwirts B. sitzt ein Stammgast und nimmt seinen Dämmerschoppen zu sich. Von dort aus beobachtet er, dass gegenüber bei Gastwirt A. zwei Urlauber die Speisekarte studieren, dann aber feststellen müssen, dass die Wirtsleute Betriebsferien haben. Also wechseln die Gäste die Straßenseite, um ihr Glück bei Wirt B. zu versuchen. Der Gast am Tresen kündet dem Wirt die Besucher an und bekommt zu seinem großen Erstaunen von diesem zu hören, dass es ihm im Traum nicht einfallen würde, die Herrschaften zu bewirten. Die inzwischen eingetretenen Gäste werden dann auch mit deutlichen Worten davon in Kenntnis gesetzt, dass mit einer Bewirtung nicht zu rechnen sei. Verdutzt und ärgerlich verlassen beide das Lokal. Daraufhin sagt der Wirt als Begründung für sein entschiedenes Handeln: „Ich bin doch nicht blöd! Der da drüben macht Betriebsferien und ich soll dessen Arbeit übernehmen"!

Die „Rache" der anderen Seite ließ jedoch nicht lange auf sich warten, und beide waren erst einmal wieder quitt. Und so sah die Revanche des Gastwirts A. aus: Im Saal von Gastwirt B. fand eine Hochzeitsfeier statt. Einige Gäste, die weiter angereist waren, benötigten für die Nacht ein Quartier. Da eine Unterbringung bei B. nicht möglich war, versuchte man die Einquartierung gegenüber bei Gastwirt A. Dieser war auch sofort bereit, die unbekannten Gäste zu beherbergen. Die freuten sich über das dem Veranstaltungsort nahe gelegene Quartier und die damit verbundenen kurzen Wege. Allerdings machten sie jetzt einen entscheidenden Fehler: In Unkenntnis über den örtlichen Gastronomie-Kleinkrieg teilten sie diese Freude dem Wirt mit und offenbarten sich obendrein als Hochzeitsgäste von gegenüber. Die Folge war nun, dass es mit der Beherbergung nichts mehr wurde und die verdutzten Gäste sich außerhalb einquartieren mussten. So wäscht eine Hand die andere!

Salomonisches Urteil

Manche dieser kleinen Begebenheiten wären sicher noch interessanter, wenn die handelnden Personen namentlich genannt würden, so auch in diesem Fall. Aus Datenschutzgründen wird das jedoch auch hier leider vermieden. Außerdem wären diese Namen für jüngere Leser völlig unbedeutend, weil niemand von ihnen diese Personen noch kennen wird.

Zu Zeiten, als die Ziegenhaltung noch ein nicht zu unterschätzender Wirtschaftsfaktor war und manch ein Haushalt gar darauf angewiesen, mussten die betreffenden Kommunen, in denen diese so genannten „Beamtenkühe" gehalten wurden, für Zuchtzwecke einen Bock vorhalten. So war das auch in Hankensbüttel. Eines Tages, es war gerade Jahrmarkt im Ort, begab sich ein Ziegenbesitzer mit seinem Tier zum Zwecke der Nachwuchsproduktion zum von der Gemeinde bestellten Halter des Bockes. Der Jahrmarkt hatte zu der Zeit noch einen großen Stellenwert und dehnte sich aus von der Bahnhofstraße ab Einmündung Kurze Straße, der Celler Straße ab Kreuzung Mühlenstraße bis zur gesamten Hindenburgstraße.

Als nun die Ziege des Bockes ansichtig wurde und dieser wahrscheinlich etwas zu forsch seines Amtes walten wollte, riss sie sich los und sauste verängstigt ihrem Besitzer davon in Richtung Jahrmarkt, wo sie alsbald in der Menschenmenge untertauchte. Der Bock war aber nicht untätig und machte sich ebenfalls aus dem Staube, zielstrebig der flüchtenden Ziege folgend. Inmitten der Buden und Marktbesucher geriet die flüchtende Ziege ausgerechnet in einen Stand mit Porzellanwaren, als der Bock ihrer habhaft wurde und dort seiner Aufgabe nachging. Dabei ging einiges an Porzellan entzwei, und der erzürnte Händler wollte natürlich den Schaden ersetzt bekommen. Aber von wem? Der Halter der Ziege weigerte sich, weil sein Tier aus Furcht vor dem stürmischen Bock geflohen war. Der Halter des Bockes weigerte sich ebenso, weil alles nicht geschehen wäre, wenn die Ziege nicht hätte fliehen können. Auch die

Gemeindeverwaltung sah sich nicht in der Pflicht, da sie glaubte, für das Fehlverhalten der Tierhalter nicht verantwortlich zu sein. Es kam deshalb zu einer Verhandlung vor dem Amtsgericht in Isenhagen, und nach genauer Schilderung des Vorfalles erging durch den Richter ein wahrhaft salomonisches Urteil: Im Namen des Volkes wurde der Halter der Ziege dazu verurteilt, zwei Drittel des entstandenen Schadens zu bezahlen. Das restliche Drittel wurde dem Halter des Bockes auferlegt, mit folgender Urteilsbegründung: Zur Tatzeit, als die Tiere den Schaden verursachten, stand die Ziege mit vier, der Bock jedoch nur mit zwei Füßen am Boden!

Baubesichtigung

Ende der sechziger Jahre entstand in Hankensbüttel ein Neubau, der beinahe täglich von einer alten Dame begutachtet wurde. Diese war die Mutter bzw. Großmutter der Bauherren, und die Nähe der Baustelle zu deren Wohnung machte die häufigen Besuche möglich. Dadurch war sie auch informiert über viele Details wie Klinker, Raumaufteilung, Balkon und weitere Ausstattungswünsche wie Fußbodenbeläge usw.

Eines Tages, es war ein Samstag und die Bauherren waren tatkräftig bei der Arbeit, kam sie wieder einmal anmarschiert, um sich über die Baufortschritte zu informieren. Der Keller war hochgezogen und die Einschalung zum Schütten der Kellerdecke fertig gestellt. Die benutzten Schalbretter waren nicht mehr die neuesten und machten wirklich keinen guten Eindruck mehr. Die alte Dame umrundete die Baustelle, sah sich das Geschehen von allen Seiten an und machte einen etwas ratlosen Eindruck. Sie war jedenfalls nicht so gesprächig wie sonst. Endlich fasste sie sich ein Herz, zeigte auf die unschöne Einschalung und wagte die kritische Frage: „Ick weit nich, wat dütt hier bedüen schall, ick denk, jü kriegt Parkett"?

Frostschäden

Nach einem strengen Winter, wie es sie in der zweiten Hälfte des letzten Jahrhunderts noch häufiger gab, war ein älteres Landwirtsehepaar aus Hankensbüttel mit dem Auto nach Celle unterwegs. Das Autofahren geschah zu der Zeit für diese beiden noch recht selten und war darum jedes mal wieder ein Ereignis. Die starken Fröste hatten in Verbindung mit der Nässe den Straßenbelägen mächtig zugesetzt, und größere Reparaturen waren zwingend erforderlich geworden. Bis diese jedoch ausgeführt werden konnten, standen immer wieder an den Straßenrändern Achtungsschilder mit der Aufschrift: Frostschäden! Die alte Bäuerin auf dem Beifahrersitz richtete ihren Blick auf die umliegenden Felder und begutachtete die Qualität des Wintergetreides. Nach einem solchen Winter musste man da schon mit Qualitätsverlusten rechnen. Diese glaubte sie auch feststellen zu können und machte nach einigem Überlegen ihrer Verwunderung Luft: „Dat Koorn süht jo an manche Stään wirklich nich gaud ut, öber worum se dat jümmer wedder an de Stroode schriewt, dat weit ick nu wirklich nich"!

Geschwindigkeit

Als der Besitz eines eigenen Autos noch keineswegs selbstverständlich war und das normale Fortbewegungsmittel das Fahrrad oder allenfalls die Pferdekutsche, konnten die Menschen auch noch kein Gefühl für Geschwindigkeiten entwickeln. Damals begab es sich, dass ein Schlossermeister aus Hankensbüttel den Führerschein erworben hatte und sich ein Auto zugelegt hatte, eines der wenigen, die damals schon im Ort fuhren. Mit dem neuen Auto wurde selbstverständlich eine Probefahrt gemacht. Die Gemahlin wollte ja schließlich auch den Genuss dieses modernen Fortbewegungsmittels testen. Die Fahrt ging von Hankensbüttel über Masel, Allersehl und Weddersehl wieder zurück nach Hause. Weil die Fahrpraxis noch nicht vollkommen war und das Auto noch etwas neu und fremd, fuhr der Schlossermeister recht vorsichtig und kaum über sechzig km/h. Das waren aber für die Beifahrerin schon atemberaubende Geschwindigkeiten, und sie ermahnte ihren Gatten, nicht so zu rasen.

Plötzlich tauchte von hinten ein weiteres Auto auf, dessen Fahrer schon ein wenig mehr Mut aufbrachte und eine etwas höhere Geschwindigkeit gewählt hatte. Ganz allmählich näherte sich das Fahrzeug, setzte zum Überholen an und schob sich bedächtig langsam am Auto der beiden vorbei. Das war nun das gefundene Fressen für unsere Beifahrerin. Sie lobte die vorbildliche Fahrweise des anderen, indem sie zu ihrem Mann sagte: „Siehst du, der fährt so schön langsam, und du musst immer so rasen"!

Not macht erfinderisch

Die Zeit zwischen den beiden Weltkriegen war geprägt von Not, grassierender Inflation und Arbeitslosigkeit. Insbesondere die Landwirtschaft hatte harte Zeiten durchzustehen, und vielen Höfen stand das Wasser bis zum Hals. Da musste so mancher Bauer auf geliebten Luxus verzichten, weil man sich vieles einfach nicht mehr leisten konnte. Als dann der Zweite Weltkrieg ausbrach, musste auf etliche Dinge wie Schokolade, Südfrüchte und einiges mehr gänzlich verzichtet werden. Auch Tabak war kaum noch zu bekommen, und so manche Pfeife blieb die meiste Zeit kalt.

Einer der Bauern aus Hankensbüttel, dem man mit gutem Recht Originalität nachsagen kann, hatte große Schwierigkeiten, auf das Rauchen zu verzichten. Andere Raucher griffen in ihrer Not schon einmal zu der Billigmischung „Bahndamm Sonnenseite". Dieser pfiffige Bauer hatte jedoch eine andere Idee. Im Wohnzimmer seines großen Hauses stand ein Sofa, dessen Polsterung aus Seegras bestand. Er hatte herausgefunden, dass dieses Material durchaus als Tabakersatz zu verwenden war. So begann er denn auch ganz heimlich, an unterschiedlichen Stellen immer wieder kleine Mengen der Polsterung zu entnehmen, das Material zu zerkleinern und damit die Pfeife zu stopfen. Jedoch steter Tropfen höhlt den Stein, und irgendwann war der Zeitpunkt gekommen, dass seine Frau beim Hineinsetzen in das inzwischen stark abgemagerte Sofa mit ihrem feinfühligen Hinterteil den Holzrahmen ertastete und der Sache auf den Grund ging. Sie wollte einfach nicht wahr haben, dass ein Sofa sich gar so schnell durchsitzt und machte die kuriose Entdeckung, dass ein Teil des Innenlebens nicht mehr vorhanden war. Bald wurde die Geschichte im Dorf bekannt, und der besagte Bauer meinte später nur: „Gaud, dat de Krieg tau Enne wör, süss här ick dat Sofa noch ganz upsmökt"!

Gut gekontert

In den Nachkriegsjahren des 2. Weltkriegs war eines der größten Probleme der Regierenden, die produzierten Lebensmittel auf die gesamte Bevölkerung gerecht zu verteilen. Wenn auf dem Lande ein Tier geschlachtet werden sollte, musste eine Schlachtbescheinigung, auch Schlachtschein genannt, ausgefüllt werden. Darin mussten auch Angaben über das Gewicht des Tieres gemacht werden, das zum Schlachten vorgesehen war. Nun ließen die Bauern damals die für sich selbst gedachten Tiere sehr viel schwerer werden als heute, weil eine dicke Speckschicht sehr willkommen war. Auf den Schlachtscheinen wurde dieser Sachverhalt jedoch oft vertuscht, und das dort eingetragene Gewicht entsprach in keiner Weise dem tatsächlichen Gewicht des Tieres. Amtlich bestellte Fleischbeschauer hatten die Angaben auf jedem Schlachtschein zu prüfen und zu bestätigen. Ihren geschulten Augen und ihrer Erfahrung entgingen solche Manipulationen freilich nicht, und bestimmte Dörfer und Bauern waren dafür schon bekannt, dass so etwas häufiger vorkam.

So ein amtlich bestellter Fleischbeschauer war auch der originelle Kleinbauer Friedrich P. aus Hankensbüttel. Eines Sonntagmorgens war er dabei, das Gras auf seiner

Wiese an der Straße nach Wierstorf zu mähen, als ein bekannter Bauer aus diesem Ort, der auch Kirchenvorsteher in Hankensbüttel war, auf dem Weg zum Gottesdienst dort vorbei kam. Er hielt an und äußerte deutlich sein Unverständnis darüber, dass P. ausgerechnet zur Gottesdienstzeit seiner Feldarbeit nachging und meinte: „De leibe Gott süht dat bestimmt nich gehrn, wat du hier mokst, und de Lüd, de an`n Fieerdag arbeiten möt, komt gewiß nich in`n Himmel". Ganz trocken und direkt war die Antwort des als schlagfertig und äußerst humorvoll bekannten Hankensbüttelers, indem er erwiderte: „Dor kom ick so wie so nich hen. Wenn de dor boben dorhinner komt, dat ick dejenige bin, de jück de Slachtschiene unnerschräbn hett, denn ward dat nicks mit dat Paradies in`n Himmel, denn smiet se mick glieks wedder rut! Dor kummt dat nu up düt bäten ook nich mehr an"!

Reingelegt

In der Welt der Erwachsenen war es in früheren Zeiten üblich, bei bestimmten Gelegenheiten Kinder und Jugendliche kräftig auf den Leim zu führen, und das nicht nur zum ersten April. Anlässlich des sogenannten „Schlachtefestes" schickte man zum Beispiel unerfahrene Jugendliche quer durch den Ort in eine Fleischerei, um die „Sülzenpresse" oder die „Darmhaspel" zu holen. Banklehrlinge mussten zur Konkurrenz gehen, um den „vernickelten Zinsfuß" auszuleihen, und junge Rekruten mussten manchmal weite Wege zurücklegen, um von einer anderen Einheit die „Seelenachse" des G 3-Gewehres zu besorgen. In allen Fällen wurden schwere

Gegenstände sorgsam verpackt, die manchmal nur unter größten Mühen zu transportieren waren.

Ein günstiger Zufall führte so vor längerer Zeit zu der Gelegenheit, einen etwa neun bis zehn Jahre alten Bauernjungen hereinzulegen. Dessen Selbstbewusstsein und Wissensdrang luden förmlich dazu ein. Und so spielte sich das Geschehen ab: Auf dem Hof des Bauern B. wurde ein Eber gehalten. Bei der damals noch weit verbreiteten Schweinehaltung brauchte dieser sich über mangelnden Damenbesuch nicht zu beklagen, so zahlreich trieben die Bauern ihre Sauen zum Decken dorthin. Bei einer dieser Aktionen war nun zufällig der besagte Sohn des benachbarten Bauern B. zugegen und stellte mit großem Erstaunen fest, dass der Eber bei seinem Einsatz ordentlich Schaum am Maul hatte. Allzu logisch stellte der Junge die Frage nach dem Grund dafür und bekam zur Antwort, das käme vom Kaugummi, das der Eber bei dieser Tätigkeit gern frisst. Jetzt wollte der Junge auch einmal so ein Kaugummi probieren, doch die Vorräte waren aufgebraucht, und es musste erst neues besorgt werden. Sofort bot er sich an, das zu erledigen, und man schickte ihn zur Landwirtschaftlichen Ein- und Verkaufsgenossenschaft mit dem Auftrag, Kaugummi für den Eber von Bauer B. zu holen. Der junge Mann am Tresen schaute zunächst etwas verwirrt und wollte den Jungen gerade wieder fortschicken, als zufällig der Geschäftsführer E. den Raum betrat. Der ließ sich erneut den Wunsch des Jungen vortragen und hatte das Spiel augenblicklich durchschaut. Er verschwand im Lager und stellte die gewünschte Lieferung zusammen.

Stolz brachte der Pimpf seine kostbare Fracht auf den Hof des Bauern B. und durfte zur Belohnung auch sofort so ein Eberkaugummi probieren. Es war allerdings gar nicht seine Geschmacksrichtung, und er spuckte das ganze enttäuscht wieder aus. Man hatte ihm zu Pellets gepresstes Melasse-Trockenfutter eingepackt, was für Menschen wahrlich nicht gerade Gaumenfreuden sind. Als der Junge zu Hause sein Erlebnis erzählte, wurde er vom Vater obendrein noch gerügt, weil er sich so hat reinlegen lassen.

Pfingststräucher nageln

Das Nageln der Pfingststräucher war über viele Jahrzehnte in Hankensbüttel und Umgebung ein beliebtes Brauchtum. In der Nacht zu Pfingsten zogen die jungen Burschen durch den Ort, um den jungen Mädchen als Pfingstgruß einen Birkenzweig ans Fenster zu nageln. Anfangs diente dazu das Äußere des Rahmens. Etwas reizvoller war es später, den Strauch ans Innere des Rahmens zu nageln, und es soll vorgekommen sein, dass der Birkenzweig sogar am Bettpfosten seinen Platz gefunden hat. Auf abenteuerliche Weise waren die entsprechenden Fenster oft nur zu erreichen, und es ist fast ein Wunder, dass immer alles gut gegangen ist.

Zu Beginn der Aktion wurde ein „Schlachtplan" entworfen, in dem genau festgelegt wurde, welche Gruppe Jungen welche Mädchen zu besuchen hatte. Gewisse Zuneigungen wurden dabei freilich berücksichtigt. Der Allgemeinheit waren jedoch diese Zuneigungen häufig nicht bekannt. So kam es denn, dass eine Gruppe von etwa sechs Burschen ein junges Mädchen aufsuchte, das ziemlich entfernt in der Nähe des Bahnhofs wohnte. Eine Leiter wurde schnell gefunden und das richtige Fenster auch. Um Pfingsten herrschen meistens schon sommerliche Temperaturen, was dazu führt, dass bei offenem Fenster geschlafen wird. Das vereinfachte auch in diesem Fall die Sache enorm. Flink und geräuschlos hatten alle sechs das Zimmer erklommen, den Birkenzweig ans Innere des Fensters genagelt und sich über das bereit gestellte Bier hergemacht. In aller Ruhe wurden die Flaschen geleert. Dann ging es die Leiter wieder hinab zum nächsten Ziel.

Es war schon eine beträchtliche Wegstrecke Richtung Ortsmitte zurückgelegt, als plötzlich von hinten Laufschritte und rhythmisches Schnaufen zu hören waren. Der sechste Mann der Gruppe kam angehechelt, und niemand hatte bisher bemerkt, dass einer fehlte. Ziemlich außer Atem erzählte er, was ihm widerfahren war: Die anderen fünf waren verschwunden, während er vorhatte, noch etwas zu verweilen. Gerade hatte er sich eine neue Flasche Bier geöffnet, als die Mutter des Mädchens das Zimmer betrat und sehr energisch sagte: „Und der letzte verschwindet auch noch"! Hals über Kopf machte sich dieser durch das Fenster die Leiter hinab aus dem Staube. Es war noch nie vorgekommen, dass besorgte Mütter und erst recht nicht die Väter wach geblieben waren und genau gezählt hatten, wie viele Burschen ein Zimmer betreten und wie viele es auch wieder verlassen hatten. Eher geschah es, dass der Herr Papa „rein zufällig" etwas gehört hatte und, nachdem er ebenfalls Durst verspürte, sich zu den jungen Leuten gesellte und mit ihnen fröhlich war.

Auskunft bei der Bahn

Zu Beginn des 20. Jahrhunderts, die Kleinbahn von Wittingen nach Celle hatte noch nicht allzu lange ihren Betrieb aufgenommen, erschien im Bahnhof Hankensbüttel ein junger Mann, der Deutschland verlassen wollte, um sich in den USA eine neue Existenz aufzubauen. Mit seiner Frage, wie er am günstigsten dorthin käme, brachte er den noch recht unerfahrenen Bahnhofsvorsteher in arge Schwierigkeiten. Dieser wollte sich jedoch nichts anmerken lassen und blätterte umständlich in allerlei dicken Kursbüchern. Schließlich musste er doch passen, wollte aber den jungen Mann nicht gänzlich ohne Auskunft gehen lassen und erklärte ihm: „So ganz genau kann ich Ihnen das leider nicht sagen, aber eins weiß ich sicher – in Celle müssen sie umsteigen"!

Polizei – dein Freund und Helfer

Zunehmende Alkoholkontrollen führten in der zweiten Hälfte des 20. Jahrhunderts immer häufiger dazu, dass das Auto zu Hause gelassen wurde, wenn man zu einer Feier ging. Der Heimweg musste dann entweder zu Fuß bewältigt werden, oder man ließ ein Taxi kommen. Das Schützenhaus liegt in Hankensbüttel nun nicht gerade zentral, und so haben viele Besucher des Schützenfestes, wenn sie nicht im Osten Hankensbüttels wohnen, teilweise ernst zu nehmende Strecken zu bewältigen. Kommt dann noch eine durchtanzte Nacht und das ein oder andere Gläschen Alkohol dazu, bedeutet der Heimweg zu Fuß manchmal schon einen echten Kraftakt.

So erging es auch einem Ehepaar beim Schützenfest 1977. In den frühen Morgenstunden der Nacht vom Freitag auf Samstag kehrte man auf Schusters Rappen heim, jedenfalls einer der beiden. Die Gattin hatte sich in ihren Schuhen Blasen getanzt und ging darum barfuß. Vor der Apotheke in der Wittinger Straße entdeckten beide einen Polizeiwagen. Ein Hankensbütteler Polizist hatte sich hier mit einem Kollegen aus Wittingen postiert, um Autofahrer auf Alkohol zu kontrollieren. Darin sahen die zwei Fußgänger ihre Chance und erörterten mit den beiden Ordnungshütern die Möglichkeit, von ihnen nach Hause gefahren zu werden. Das wurde natürlich strikt abgelehnt, weil man ja Führerscheine kassieren wollte. So einfach ließen sich die beiden vergnügten Schützenfestler jedoch nicht abweisen, appellierten an den Werbeslogan der Polizei als Freund und Helfer, und als dann noch die Dame ihre Blasen an den Füßen zeigte, waren die Polizisten weichgeklopft. Nach kurzer Beratung nickte der Polizist aus dem Ort, der die beiden Fußgänger natürlich kannte, mit dem Kopf und sagte nur kurz: „Dann steigt man ein"!

So wurden die beiden mit dem Streifenwagen nach Hause gefahren. Das sollte nun aber auch nicht unentgeltlich geschehen sein, und man lud die beiden Polizisten auf einen Drink in den Partykeller ein. Die beiden Freunde und Helfer berieten erneut kurz, und das Unglaubliche geschah: sie willigten ein. Sie meldeten sich über Funk bei der Zentrale ab und gaben die Rufnummer der Gastgeber an, unter der sie von nun an zu erreichen seien. Was sie nicht wissen konnten, war, dass das Telefon im Keller bei Gespräch und dezenter

Musik nicht zu hören war. Für mehr als zwei Stunden saßen alle vier dort gemütlich beisammen, führten nette Gespräche und ließen einen gelungenen Schützenfesttag fröhlich ausklingen. Niemand wird wohl jemals erfahren, wie viele Führerscheine dadurch gerettet wurden. Es soll hier aber unbedingt erwähnt werden, dass die beiden Ordnungshüter nur alkoholfreie Getränke zu sich nahmen.

Die Trafostation

In den frühen Jahren des 20. Jahrhunderts begann der technische Fortschritt unaufhaltsam um sich zu greifen. Vielen Menschen ging manches dennoch nicht schnell genug, und nachdem von Wittingen nach Celle im Jahre 1904 die Kleinbahnverbindung entstanden war, sollte Anfang der zwanziger Jahre Alt Isenhagen eine Trafostation bekommen. Die Bürger des Ortes konnten es kaum erwarten, endlich elektrisches Licht in die Döns (Stube) zu bekommen, und die Vorfreude auf eine derartige Verbesserung der Lebensqualität war unbeschreiblich. So war es denn auch nicht verwunderlich, dass man immer ungeduldiger wurde, weil die Firma Siemens & Halske aus Berlin den Liefertermin nicht eingehalten hat. Eine Bürgerkommission wurde gebildet, und diese trat unverzüglich die beschwerliche Reise nach Berlin an. Mit dem Versprechen auf baldige Lieferung reiste man zufrieden zurück nach Alt Isenhagen, musste aber schon bald zur Kenntnis nehmen, dass es erneut zu Verzögerungen beim Liefertermin kam. Auf eine schriftliche Eingabe, in der man jetzt die ganze

Enttäuschung sehr deutlich zum Ausdruck brachte, war lediglich ein sehr kurz gehaltenes Telegramm in Alt Isenhagen eingetroffen, mit dem niemand etwas anfangen konnte. Stand da doch nur zu lesen: „Lieferung 7.6"

Als erstes befragte man den Dorflehrer, der jedoch in dieser Situation auch nicht weiterhelfen konnte. Nächster Anlaufpunkt war der damals in Hankensbüttel tätige Pastor Krabbo. Auch für den war dieser merkwürdige Text zunächst ein Rätsel, doch er gab so schnell nicht auf und hatte plötzlich eine zündende Idee: Als Kirchenmann dachte er bei dieser rätselhaften Zahlenkombination an die Liedertafeln in der Kirche und griff zum Gesangbuch. Und siehe da, er fand des Rätsels Lösung beim Lied Nr.7 Vers 6, wo für jedermann nachzulesen folgender Text endlich Klarheit brachte: *„Er wird nun bald erscheinen in seiner Herrlichkeit und all eur Klag und Weinen verwandeln ganz in Freud. Er ist`s, der helfen kann; halt` eure Lampen fertig und seid stets sein gewärtig, er ist schon auf der Bahn"*.

Am 2o. März 1922 war es dann tatsächlich so weit. 21 Haushalte hatten einen Stromanschluss bekommen. Alle Lichter des Ortes wurden auf einmal eingeschaltet und der sogenannte „Blitzball" gefeiert.

Der Rollgriff

Das Rauchen ist heutzutage verpönt. Alle wissen über die Gefahren, und diejenigen, die es trotzdem nicht lassen können, dürfen es vielerorts nicht mehr in der Öffentlichkeit. Das alles war einmal ganz anders.

Rauchen war „in", war Statussymbol, und wer es nicht mitmachte, war absoluter Außenseiter. Zigarren und Zigaretten wurden bei Hochzeiten und anderen Festen in großer Vielfalt angeboten, und selbst der private Gastgeber hatte sich vorher zu informieren, welche Marken seine Gäste bevorzugten und diese anzubieten. Der Geruch von kaltem Tabakrauch war allgegenwärtig und störte erstaunlicherweise nicht, sondern gehörte ganz einfach dazu. Und wehe, wenn ein notorischer Nichtraucher es wagte, rauchende Mitmenschen in seinem Umfeld um Rücksicht zu bitten!

Bei Versammlungen, bei denen die Teilnehmer meistens an langen Tischen saßen, konnte man den Gesprächspartner am anderen Ende des Tisches oft nur noch schemenhaft erkennen, und an der Decke hängende Lampen konnte man gut für die untergehende Abendsonne halten. So auch bei den Zusammenkünften von Vorstand und Aufsichtsrat der LEVG. Der damalige Geschäftsführer E. hatte den langen Tisch reichlich ausgestattet mit Rauchwaren unterschiedlichster Art. Zigaretten standen aufrecht bereit in niedrigen Gläsern, und Zigarren vieler Sorten lagen in großer Zahl in geöffneten Kisten vor den Anwesenden, schön parallel neben einander. Man konnte glauben, diese Rauchwaren seien so etwas wie Deputatersatz.

Am Ende der Sitzung war es üblich, sich noch mit einer letzten Zigarre für den Heimweg auszustatten. Dabei wurde dann von einigen ganz Unersättlichen oft der sogenannte Rollgriff angewendet: man steckte geschickt Zeige- und Mittelfinger zwischen Kistenrand und Zigarre am entfernten Ende und zog diese beiden Finger nun durch die Kiste zu sich her. Jetzt kam der Daumen zu Hilfe und stabilisierte die Zigarren, die sich bei diesem Vorgang zahlreich in der Hand eingefunden hatten. Ein Versammlungsteilnehmer, der diese Technik besonders gut beherrschte, sagte als Reaktion auf die erstaunten Blicke eines bescheideneren Augenzeugen nur ganz lapidar: „Use Mama smökt ook"!

Feldrundfahrt

Seit sehr langer Zeit ist es in Hankensbüttel Brauch, einmal im Jahr mit Trecker und Wagen in die Felder hinaus zu fahren und die Ergebnisse landwirtschaftlicher Arbeit zu betrachten. Die Gummiwagen werden dazu mit Strohballen ausgelegt, auf denen die Landwirte und deren Frauen den harten Schlägen mancher schlecht befahrbaren Feldwege nicht ganz so direkt ausgesetzt sind. Auch Gäste werden dazu eingeladen, die in irgendeiner Weise den Landwirten verbunden sind. Bis 1968 wurde noch ein Erntekönig gewählt und abends dann der traditionelle Ernteball gefeiert.

Das gab es seit 1969 erstmals nicht mehr. Stattdessen fanden sich alle Teilnehmer nach dem Begutachten der Felder im Gasthaus „Zur Linde" ein, um den Tag gemütlich ausklingen zu lassen. Dabei wurde dann auch Manöverkritik geübt, und so mancher Landwirt musste in launiger Weise manches Frotzeln über sich ergehen lassen. So ging man ganz besonders „hart" mit Landwirt R. ins Gericht, weil dessen Zuckerrüben unüblich stark verkrautet waren. Nachdem die hohe Kommission, von so manchem Gläschen ermutigt, diesen verbal genügend abgestraft zu haben glaubte, kam irgendwann ein neues Thema ins Gespräch. Es waren ja schließlich auch etliche Damen dabei, und die hatten auf einmal den neusten Modeschrei am Wickel: „Hot Pants"! Das war wirklich etwas ganz Neues, sehr kurze und knapp sitzende Höschen, die so manch einen Frauenhintern aussehen ließen, als wäre es ein in Folie eingezogener Schinken.

Inzwischen waren die Stunden verronnen, und der Alkohol zeigte langsam Wirkung. Plötzlich hatte der so arg gebeutelte Landwirt R. eine geniale Idee: Er versprach, für alle anwesenden Damen eine Runde „Hot Pants" auszugeben, wenn diese ihm anschließend die Zuckerrüben vom Kraut befreien würden. Das stieß sofort auf ungeteilte Begeisterung, und eine als besonders resolut bekannte Landwirtsfrau machte sich zur Wortführerin. In der Annahme, dass daraus zu dieser späten Stunde ohnehin nichts mehr werden könne, wurde zunächst mal ein Schriftführer bestimmt, der alle Damen nach der Konfektionsgröße befragte und darüber genau Protokoll führte. Dieses Amt übertrug man Konrad R., einem Mitarbeiter der LEVG. Nachdem diese Befragung abgeschlossen war, gingen Landwirt R. und der Schriftführer zum Telefon. Trotz inzwischen mitternächtlicher Stunde war man erfolgreich und bekam Frau Wunderling, eine der beiden Inhaberinnen des Textilhauses Gille, an die Leitung. Mit großem Verständnis für die lustige Gesellschaft, vielleicht witterte sie ja auch ein gutes Geschäft, war sie bereit, ihren Laden zu öffnen, und die beiden Hauptakteure begaben sich dorthin. Es waren ja nur ein paar Schritte über die Straße.

Genau nach Protokoll wurde die entsprechende Anzahl in den notierten Größen aus den Regalen gesucht. Danach trat man den Rückweg an, und mit großem Hallo wurden beide mit ihrer Kollektion empfangen. Bei der Anprobe stellte sich jedoch heraus, dass einige der Damen beim Nennen der Konfektionsgrößen nicht ehrlich waren und sich unter keinen Umständen in die ohnehin sehr knappen Höschen hineinzwängen konnten. Also mussten die beiden Organisatoren erneut das Textilhaus aufsuchen, um die entsprechenden Hosen ein paar Nummern größer zu holen. Nachdem dieses Problem gelöst war, mussten alle Damen vor den sich inzwischen in großartiger Stimmung befindenden Herren posieren und das neue „Outfit" zur Schau stellen. Dabei blieb nun kein Auge mehr trocken: hatten doch etliche der Models der Einfachheit halber ihre Strapse angelassen, die nun in Verbindung mit den Hot Pants einen wirklich skurrilen Anblick boten! Das alles geschah ohne die geringste Ziererei und war wahrlich ein Bild für die Götter.

Landwirt R. zahlte bei der Firma Gille die Hosen, und die damit beschenkten Frauen trafen sich ein paar Tage später unter Aufsicht des Schriftführers R. beim betreffenden Rübenacker, um auch ihr Versprechen einzulösen und diesen vom Unkraut zu befreien. Das geschah selbstverständlich in der neuen Freizeitkleidung, und allein dadurch war erneut Stimmung garantiert. Zum Abschluss des Tages wurde auf Kosten besagten Landwirts noch gemeinsam ein Eis gegessen. So hatte sich diese lustige Begebenheit als Ausklang der Feldrundfahrt gar in dreifacher Hinsicht gelohnt: Einige Hankensbütteler Frauen wurden nach dem neusten Stand der Mode eingekleidet, das Textilhaus Gille machte ein unerwartetes Geschäft, wenn auch weit außerhalb der normalen Geschäftszeit, und Landwirt R. bekam seinen Acker krautfrei, während die ganze Aktion allen Beteiligten auch noch einen Riesenspaß bescherte.

Fehlinterpretation

Wenn man von Celle aus die B 3 in Richtung Hannover fährt, kommt man am Stadtrand von Celle an einem größeren Industriebetrieb vorbei. Ein großer Schriftzug an einem der Gebäude trägt den Namen Stankiewicz. Es handelt sich bei dem Unternehmen um einen Hersteller von Materialien zur Schalldämmung für die Automobilindustrie. Bis vor einigen Jahren konnte man statt des heutigen Firmennamens darum in eben so großen Buchstaben den Namen „Schallschluck" lesen.

Nun begab es sich, dass eine Reisegesellschaft aus Hankensbüttel mit einem Bus auf dieser Strecke unterwegs war. Mit dabei war ein junger Landwirt, der gerade seine sogenannte Sturm- und Drangzeit durchlebte und durch Zugehörigkeit zu vielen Vereinen und Gruppen die Geselligkeit in vollen Zügen genoss. Dazu gehörten Jagdhornbläser, Schützenverein, Feuerwehr, Freundeskreis und weitere Institutionen. Und überall wurde ausgiebig auch die Gemütlichkeit gepflegt, was logischer Weise durch den Genuss von Alkohol häufig sehr stark vereinfacht wurde. Man trank nicht reinrassig, sondern Kurz und Lang in bunter Reihenfolge. Es gab keine Schnapssorte, die nicht probiert wurde, vom einfachen Schluck bis hin zum 80prozentigen Strohrum oder gar dem in der Eldinger Region bekannten

Stichpimpulibockforzelorum. Standardgetränk im kurzen Bereich war jedoch nach wie vor der Steinhäger.

Besagter Junglandwirt, inmitten seiner fröhlichen Kameraden sich munter unterhaltend, bemerkt plötzlich aus dem Fenster schauend das große Firmenschild „Schallschluck". Erstaunt stutzt er, unterbricht merklich verwundert das gerade laufende Gespräch und bemerkt fragend: „Schallschluck? Was is`n das für`n Zeug? Den hab` ich ja noch nie getrunken!"

Tierisches Besäufnis

In der Landwirtschaft wurden immer schon geeignete industrielle Abfälle zum Zufüttern in der Rinder- und Schweinehaltung verwendet. Aus der Zuckerherstellung in Uelzen waren das in früheren Jahren Schnitzelabfälle, aus der Kartoffelverarbeitung sind das heute noch ebenso verfütterbare Reste wie Fehlproduktionen aus der Chipsherstellung. Ähnliche Reste kommen aber auch bei der Bierherstellung vor. Bei der Wittinger Brauerei wird gern der Treber von Landwirten abgeholt; das sind die Rückstände des Maischprozesses. Anders als bei den anderen Futterdelikatessen beinhaltet dieser Treber jedoch alkoholische Rückstände.

Nun geschah es, dass der Landwirt P. aus Emmen ein Fuder Treber auf dem Hof abkippte, um ihn sorgsam dosiert den Tieren im Stall zu verabreichen. Nicht bedacht hatte man jedoch scheinbar dabei, dass nicht alle Haustiere im Stall fest verankert waren. So fanden denn auch die frei herumlaufenden Enten Gefallen an dieser

Leckerei, ohne jedoch die bösen Folgen zu ahnen, wenn man davon zu viel auf einmal erwischt. Es dauerte auch nicht allzu lange, bis diese Folgen in grausamer Brutalität eintrafen. Als die Bäuerin ihrer Enten ansichtig wurde, war bereits alles zu spät. Weit verstreut lagen sie nahezu reglos auf dem Hof verteilt, und, das vermeintliche und unerklärbare Massensterben vor Augen, wollte man wenigstens noch die Daunenfedern retten. Kurzerhand griff man die verendenden Tiere und entledigte sie ihrer Daunen. „Entsorgt" wurden die reglosen Körper zunächst auf dem Misthaufen, bevor man die Tierkörper-beseitigung zu informieren gedachte.

Dazu kam es jedoch nicht mehr. Einige Stunden später glaubte die Hofbesitzerin ihren Augen nicht zu trauen, als sie ihre inzwischen vermeintlich toten Enten, zwar noch etwas wackelig auf den Beinen und halb nackt, über den Hof torkeln sahen. „Heinz!" rief sie in ungläubigem Entsetzen, „kumm rasch her und kiek dick dat an! De Onten sünd aal wedder up`n Hoff und loopt dor rum. `N beten wackelig sünd se man noch, just so, as wenn einer up`n Schüddenfest `n beten toveel erwischt hat." Köstlich haben sich beide über dieses Malheur amüsiert und den geschundenen Enten den weiteren Zugang zu dem verhängnisvollen Futter vorsorglich verwehrt.

An der kurzen Leine

Derselbe Landwirt aus Emmen meldete sich einmal in großer Sorge bei seinem Tierarzt in Hankensbüttel. Eines seiner Schlachtschweine wollte partout nicht mehr fressen. Den zweiten Tag schon war es überhaupt nicht mehr an den Trog gekommen, und Dr. Hoenig solle doch einmal vorbeischauen, um festzustellen, was dem Tier fehlt. Das tat dieser auch umgehend, und die veterinärmedizinische Untersuchung ging in Windeseile vonstatten. Der Tierarzt ging in Begleitung des Landwirts über den Hof und öffnete die Tür des Stalles, in dem das kranke Tier sein Leben fristete. Beide trauten ihren Augen nicht, als die Sau, ihrer ansichtig, in Windeseile zum gefüllten Trog eilte und sich dessen Inhalt genüsslich einverleibte. Ohne sein medizinisches Gerät überhaupt auszupacken, hatte Dr. Hoenig das Tier geheilt und mit einem Blick den Grund für die Verweigerung der Nahrungsaufnahme erkannt: die Sau war nach dem letzten Ausmisten mit dem Schwanz unglücklich in die Tür eingeklemmt und hatte gar nicht die Möglichkeit, den Trog zu erreichen. Anstatt dieses Malheur für sich zu behalten, schimpfte der Landwirt im Wirtshaus über die Forderung des Tierarztes: „Und wat mik dorbi am meisten ärgern deit, dat sünd de twindig Mark, de hei för sin`n Beseuk verlangt hat!"

Schwierige Grammatik

Die plattdeutsche Sprache ist etwas Wunderbares. Sie ist urwüchsig und humorig, wenn auch gelegentlich mal etwas grob, auf jeden Fall aber viel ausdrucksstärker als Hochdeutsch. Auch im Bereich der Grammatik ist sie unkomplizierter; so gibt es für das Personalpronom „ich" im Dativ wie im Akkusativ nur den Begriff „mick". Dieses Wort steht also für die hochdeutschen Formen „mir" und „mich".

Auf einem Hankensbütteler Hof sprachen nun die Großeltern ausschließlich Platt, die jüngere Generation jedoch nur Hochdeutsch. Der etwa fünfjährige Enkel hörte also, wenn er mit seinen Großeltern zusammen war, immer nur das plattdeutsche „mick" und übersetzte das ins hochdeutsche „mich". Das führte nun zu Satzbildungen wie „gib mich das mal" oder „ ich hab mich das überlegt", weil er ja das Wort „mir" von seinen Großeltern gar nicht zu hören bekam. Ständig wurde der kleine Knirps berichtigt und musste sich anhören: „Junge, das heißt doch **mir**"! Irgendwann war es dann so weit, und er hatte diese sprachliche Tücke scheinbar begriffen.

Eines Tages in der Zeit der Kartoffelernte verunglückte ein Gespann des Maseler Landwirts Max Posmyk. Auf dem Weg nach Hankensbüttel stürzte ein mit Kartoffeln beladener Anhänger kurz vor der Abfahrt nach Weddersehl die Böschung hinab auf den tiefer gelegenen Acker. Schnell sprach sich dieses Missgeschick überall herum, und besagter kleiner Junge, inzwischen der deutschen Grammatik mächtig, war dabei, als seine Großeltern sich darüber unterhielten. Er hörte die Großmutter fragen: „Wer wör denn dat?" Opas Antwort lautete: „Dat wör Posmyk ut Masel." Spontan wurde er jetzt berichtigt, indem der Kleine ganz empört ausrief: „Opa, das heißt aber **Posmir**!"

Die zweite Chance

An der Stelle Hankensbüttels, wo der Emmer Bach seinen Ursprung hat, befinden sich zwei Fischteiche, von denen der größere noch heute fischereitechnisch genutzt wird. Ein ziemlich großer Personenkreis zählt zu dieser Fischereigemeinschaft, und das Abfischen, das jährlich immer etwa Anfang November stattfindet, gleicht einem kleinen Volksfest. Jung und Alt versammelt sich dann, um mit allem, was so richtige Gemütlichkeit ausmacht, hier einen erlebnisreichen Tag zu verbringen. Es wird gegrillt, die erforderlichen Getränke stehen reichhaltig zur Verfügung und es fehlt auch nicht an Musik und Gesang, denn ein Landwirt aus Wentorf, der auch zu dieser Gemeinschaft gehört, spielt recht gekonnt Akkorden.

Zunächst wird das Wasser abgelassen, und es dauert recht lange, bis der Teich trocken liegt. Die Wartezeit wird für die Einnahme von vor Kälte schützenden Mitteln genutzt, denn Anfang November ist es meistens schon recht winterlich. Gründe dafür gibt es reichlich, und nach dem Motto: „wenn das Netz im Wasser hängt, wird erstmal einer eingeschenkt" steigt die Stimmung kontinuierlich. Die Anwohner dieses Wiesentals registrieren das oft an der kontinuierlich steigenden Phonzahl.

Nun ereignete es sich vor etlichen Jahren, dass vier der damaligen „Teichsenioren" sich recht frühzeitig in die Fischerhütte zurückzogen und die Tür hinter sich schlossen, ohne dass das von den anderen so richtig registriert wurde. Dort kam die Schluckbuddel kaum zur Ruhe, und die vier hatten gegenüber den draußen tätigen bald einen unaufholbaren Vorsprung. In dieser Stimmungslage überkamen Landwirt B. urplötzlich wohl sentimentale Gefühle, denn er sprang auf, eilte ins Freie, steuerte zielstrebig auf einen am Ufer stehenden Kübel mit Fischen zu, packte diesen Kübel an einer Seite und schüttete den Inhalt mit den Worten „auch ihr habt eine zweite Chance verdient" zurück in den Teich. Diese zweite Chance konnten die Fische aber nicht nutzen, da sie bereits ausgenommen waren. Der Teich musste erneut abgelassen werden, denn es hatte sich schon wieder einiges Wasser gesammelt, und mühsam wurden die toten Fische ein zweites Mal aus dem Schlick geborgen. Noch heute erinnern sich diejenigen, die damals dabei waren, mit einem Schmunzeln im Gesicht an diese kuriose und turbulente Begebenheit.

Kindersegen

In der ersten Hälfte des 20. Jahrhunderts galten Familien mit mehr als zwei Kindern noch nicht als asozial, was in späteren Jahren leider der Fall war. Damals gab es in Hankensbüttel die Familie S., die bereits mit vier Kindern gesegnet war. Und alle waren männlichen Geschlechts. In einem weiteren Anlauf wurde versucht, das ersehnte Mädchen zu bekommen. Der Geburtstermin kam näher, und die Spannung wuchs. Zu der Zeit gab es noch nicht die Möglichkeit, mit an Sicherheit grenzender Wahrscheinlichkeit schon vorher das Geschlecht des kommenden Erdenbürgers zu bestimmen. Letztendlich war das Ergebnis ein fünfter Stammhalter. Nach bekannt werden des Ereignisses traf der stolze Vater ein paar Tage darauf einen Nachbarn. Auf freundlich frotzelnde Art fragte dieser: „Büst du denn wirklich tau dumm dortau, mol ne Deern hentaukrieg`n"? Worauf Vater S.

nur antwortete: „Dat will ick dick segg`n, in `ne Pottkaukenform kannste kein`n Bodderkauken backen!"

Pferdeverstand

Ende der fünfziger Jahre des 20. Jahrhunderts absolvierte der junge Hankensbütteler Wilfried R. seine Lehre als Großhandelskaufmann bei der Firma Theile in Wittingen. Diese Firma betrieb neben der Produktion von Haarpflegemitteln u. a. eine Art Spedition. Mit einem alten Gummiwagen, gezogen von einem schon recht betagten Ackergaul namens Liese, holte der ebenso betagte Rollkutscher Meinecke vom Wittinger Bahnhof Waren ab und verteilte sie an die verschiedenen Adressaten, im Allgemeinen Wittinger Betriebe. Nun geschah es, dass bei einem dieser Transporte ein ziemlich schwerer Container mit Papier beim Abladen recht unsanft auf einem Fuß von Kutscher Meinecke landete und dieser dadurch für mehrere Wochen ausfiel.

Prädestiniert als Vertreter musste für diese Zeit Lehrling R. aus Hankensbüttel diese Aufgabe übernehmen. Dessen Vater betrieb eine kleine Landwirtschaft, und somit war auch dem Junior der Umgang mit Pferden nicht ganz fremd. Gleich bei der ersten Tour geschah jedoch etwas recht Merkwürdiges: in der Langen Straße vor dem damaligen Kaffee Trebbin blieb Liese unaufgefordert stehen und ließ sich für eine gewisse Zeit durch nichts überreden, den Weg fortzusetzen. Lehrling R. war gezwungen zu warten, bis das gutmütige alte Tier sich endlich wieder arbeitsbereit zeigte. Diese seltsame Prozedur wiederholte sich jedes Mal, wenn die

Fahrtroute durch die Lange Straße führte. So kam man durch das einem lernfähigen Tier antrainierte Verhalten dahinter, dass Spediteur Meinecke dort immer für eine Weile einkehrte und das geduldige Pferd ihm diese Pause auch gerne gegönnt zu haben schien. Die Welt war halt damals bei weitem nicht so hektisch wie heute, und das hatte wirklich sein Gutes!

Mitgebringsel

Was schafft so ein Mitgebringsel oft für Probleme! Man möchte oder muss irgendwo hin, und damit geht das Überlegen los: was nimmst du demjenigen oder derjenigen mit? Es ist keine Einladung zu einer größeren Feier, also kein großmächtiges Geschenk, sondern nur eine kleine Aufmerksamkeit, über die sich der oder die Beschenkte nach Möglichkeit auch noch freuen soll. Dabei muss man sehr darauf achten, dass man dieses Mitgebringsel nicht gerade von der Person selbst mal bekommen hat, die es jetzt zu erfreuen gilt. Es soll sogar schon vorgekommen sein, dass eine mitgebrachte Pralinenschachtel gar nicht ausgepackt wurde und ein darin versteckter Geldschein durch das Weitergeben dieses Präsents jemand ganz anderen erfreut hat.

Die folgende nette Begebenheit, die der sprachlichen Einfachheit halber in der „Ich-Form" geschrieben ist, spielte sich vor einigen Jahren bei uns zu Hause ab. Ich hatte zum Doppelkopf geladen, zu dem auch gewöhnlich immer ein kleiner Imbiss gereicht wurde, also kein Doppelkopffreund mit leeren Händen kam. Vorweg möchte ich erwähnen, dass zu dieser Zeit der Steinhäger als kurzes Getränk bei vielen sehr beliebt war, auch wenn ich persönlich nur wenig damit anfangen konnte. Ein Doppelkopfgast, mein etwas entfernter Nachbar Helmut, überreichte mir bei seinem Erscheinen eine recht kunstvoll verpackte, aber als Flasche deutlich erkennbare Aufmerksamkeit. Ich war noch nicht dazu gekommen, mich zu bedanken und die übliche Freude und Überraschung zu heucheln, da klärte er mich mit folgenden Worten auf: „Da ist `ne Flasche Steinhäger drin, brauchst du gar nicht erst auszupacken, kannst du gleich so weiter verschenken. Ich hab` sie auch schon von Karl bekommen und dem hat sie King mal mitgebracht. Aber Horni würde ich sie nicht mitnehmen, da könnte es passieren, dass der sie austrinkt!"

Nebenbuhler

Das relativ große Areal eines Hankensbütteler Hofes wurde einmal dazu genutzt, zahlreichen Tieren ein ausgedehntes Zuhause zu geben. Neben der üblichen großen Hühnerschar, die mehr auf dem vorderen Teil des Hofes beheimatet war, sah man dort Gänse, Enten, Puten und zeitweilig sogar Schafe in trauter Eintracht herumlaufen. Letztere hatten ihr Domizil jedoch überwiegend auf dem weitaus größeren hinteren Teil des Hofes, der durch eine große Scheune vom Reich der Hühner abgetrennt war. Gegenseitige Besuche waren dennoch möglich, da beide Hofteile durch eine Gespanndurchfahrt mit einander verbunden waren.

Eines Tages, es war mit großer Sicherheit der Sommer 1958, fand in Wettendorf eine Hochzeitsfeier statt. Enge verwandtschaftliche Bindungen führten dazu, dass die Familie des Landwirts B. eingeladen war. Das nagelneue Auto, ein schwarzer VW-Käfer, stand auf Hochglanz poliert auf dem Hof, denn die Reise nach Wettendorf sollte in wenigen Minuten beginnen. Doch nun geschah, was sonst so gut wie nie vorkam: der Schafbock, ein kräftiger und sehr selbstbewusster Heidschnuckenbock, kam auf den vorderen Hofteil, um einmal bei den Hühnern seine Aufwartung zu machen. Dabei kam er zwangsläufig auch an dem dort geparkten Auto vorbei. Da dieses noch, wie oben schon erwähnt, ganz neu war, hatte der Bock das Gefährt mit Sicherheit noch nicht gesehen und es erregte daher seine Aufmerksamkeit. Er umrundete prüfend den seltsamen Gegenstand und entdeckte auf einmal als Spiegelbild in der polierten Tür einen Nebenbuhler! Das durfte nicht sein, dass er als alleiniger Herrscher über seine Schnuckenschar plötzlich Konkurrenz bekam, und er tat, was jedes selbstbewusste Herdenoberhaupt in dem Moment auch getan hätte: er ging zum Angriff über. Er zog sich einige Schritte zurück, was sein Gegenüber auch tat, senkte den Kopf mit dem mächtigen Gehörn und stürmte vorwärts, seinem Gegner entgegen. Es krachte ordentlich, als er auf die Autotür traf, aber der Erfolg ließ noch zu wünschen übrig. Sein Gegner hatte noch nicht das Weite gesucht, sondern stand da und schaute ihn genau so grimmig an wie er diesen. Also neuerliche Attacke! ein paar Schritte zurück, Kopf gesenkt, fertig zum Angriff, genau wie der Rivale, und wieder hinein in die Autotür.

Nach einigen weiteren Sturmläufen kamen die Hochzeitsgäste aus dem Haus und mussten mit großem Entsetzten feststellen, was ihr Heidschnuckenbock angerichtet hatte. So etwas kann geschehen, wenn jemand sein Auto zu gut poliert!

Seltsame Namensgebung

Auf demselben Hof gehörte immer ein Hund zum lebenden Inventar. Es waren bisher nur Schäferhunde, und alle hörten auf den Namen „Rolf". Da war es einfach für jeden, der auf den Hof kam, das Tier mit Namen anzusprechen. Als wieder einmal einer dieser Schäferhunde das Zeitliche gesegnet hatte und sofort ein neues Tier beschafft wurde, war es dieses Mal kein Schäferhund geworden, sondern ein ebenso großer Mischlingsrüde. Der sollte nun aber auch nicht Rolf heißen, sondern bekam den etwas merkwürdigen Namen Widu, möglicherweise in Anlehnung an den Vornamen des Sohnes einer Familie, die vor Jahren in Hankensbüttel lebte.

Eines Tages kam nun ein älterer Hankensbütteler auf den Hof, dessen Vorname Heinrich hier genannt werden muss, wenn auch Namen sonst weitestgehend vermieden werden. Dieser sah den neuen Hund zum ersten Mal und erkundigte sich beim Hundehalter nach dem Namen des Tieres. Wahrheitsgemäß sagte der Hofbesitzer: „De heit Widu". Erstauntes Schweigen, dann sagte der Besucher: „Nu sech doch mol wirklich, wie de heit!" Darauf der Hundehalter: „Dat kannst` mick glöben, de Hund heit wirklich Widu!" Kopfschüttelnd und ungläubig äußerte der verdutzte Besucher daraufhin: „Sön dummet Tüch hev ick noch nie hört, dat einer sien`n Hund **Harich** nennt!"